Ekkehart Baumgartner

# check it out

Ekkehart Baumgartner

# check it out

## Deine Rechte als Jugendlicher

Kösel

ISBN 3-466-30506-3

Druck und Bindung: Kösel, Kempten
Visuelles Konzept und Umschlaggestaltung: Fortune, München
Umschlagmotiv: De Lossy/Image Bank, München

1 2 3 4 5 · 04 03 02 01 00

*Gedruckt auf umweltfreundlich hergestelltem Werkdruckpapier (säurefrei und chlorfrei gebleicht)*

# inhalt

# danksagung

Mein besonderer Dank gilt:
Peter Herrmann, Florian Günter Forster, Klaus Joelsen, Sebastian Kempf und Michael Niggel, Ulrich Kühn, Rosemarie Lang, Maxi, Sonja Moser, Jula Müller, Claudia Rottler, Wolfgang Wenger – und natürlich den Leuten von »Infofon«, dem Informationstelefon von und für Jugendliche in München.
Redaktionell begleiteten Anna Buchwald und Daniel Corbic das Projekt.

# welche rechte habe ich?

Überall gibt es Bestimmungen, Gesetze, Paragraphen – und die hast nicht du gemacht. Könnte man sämtliche Paragraphen wiegen, dann würden sie wohl einige Tonnen ausmachen. Auch deine Rechte fallen darunter, und darum geht es hier.

**Maxi** habe ich in einem Café getroffen. Sie hat mir ihre Geschichte erzählt. Dass sie zum Beispiel mit 14 Jahren von zu Hause ausgezogen ist und seit über drei Jahren in verschiedenen Wohnungen, WGs und Heimen lebt. Maxi weiß Bescheid, was es heißt, sein Schicksal in die Hand zu nehmen. Wenn es dir so geht wie Maxi, wenn du von zu Hause fortwillst, dann »check it out«: Ab Seite 81 findest du das Wichtigste über die eigene Wohnung, Wohngeld, Weggehen von zu Hause ...

**Daniel** erzählte über sein Coming-out als Schwuler. Wie sollte er es seinen Eltern sagen? Wie würden seine Freunde reagieren? Daniel hat darüber geschrieben. Und das steht im Kapitel »Liebe, Partnerschaft und Sexualität«. Ob Mann Mann liebt, Frau Frau, oder Frau Mann. Jeder kennt seine Gefühle am besten. Und auch seine Ängste. So sehr einen das Verliebtsein, die Liebe oder der Sex auf einen Glückstern jagen können, so sehr kann das alles auch die Hölle sein. Mit wem dann über seine Gefühle sprechen? Und wie über Gefühle sprechen? Dass es viel besser ist, über das Glück zu sprechen als über die Gewalt in einer Partnerschaft, ist klar: Im Kapitel »Liebe ...« geht es auch darum.

Maxi, Daniel – oder ...
**Anna**, die in diesem Buch über ihre Schulerfahrungen nachdenkt und auch davon berichtet, wie nervig es ist, vom Türsteher eines Clubs nach dem Alter gefragt zu werden: Alle haben ähnliche Probleme.
Auch wenn Maxi, Daniel oder Anna wissen, dass sie selbst so unterschiedlich sind wie die Sterne der Milchstraße. Leute in Bewegung. Leute mit tausend Plänen, Ideen, Wünschen und Ängsten. Leute, die sich verwirklichen wollen: Und dafür gibt es Rechte – check it out!

## wie bekomme ich meine informationen?

Claudia Rottler arbeitet am Jugendamt München. Und sie sagt: »Jeder Jugendliche hat das Recht auf Beratung und Hilfe durch das Jugendamt«. Kommst du also in Schwierigkeiten, dann steht dir Hilfe zu. Jede Menge Ämter, doch welches ist das richtige für dich? Frag das Jugendamt.

Von Claudia Rottler

*»Hast du daheim Schwierigkeiten mit den Eltern? Probleme in der Schule? Wenn du diese Probleme nicht mit deinen Eltern, Geschwistern oder auch Freunden besprechen kannst, dann hast du die Möglichkeit, das Jugendamt aufzusuchen: denn du hast das Recht auf Beratung und Hilfe durch das Jugendamt. Nach dem Kinder- und Jugendhilfegesetz (KJHG) kann jedes Kind und jeder Jugendliche zum Jugendamt gehen, seine Probleme erzählen, sich beraten lassen und natürlich auch weitere Hilfen bekommen (Paragraphen 1 und 8 KJHG).*

*Wie findest du das zuständige Jugendamt? Je nachdem, ob du in einer großen Stadt, einer Kleinstadt oder auf dem Dorf lebst, gibt es verschiedene Bezeichnungen für das Jugendamt: z.B. Stadtjugendamt, Kreisjugendamt – oder es ist eine Abteilung im Landratsamt. Am besten, du schaust im Telefonbuch unter »Stadtverwaltung« oder »Landratsamt« nach. Oft reicht es, wenn du bei der angegebenen zentralen Rufnummer anrufst und sagst, wie du heißt, wo du wohnst, was dein Problem ist. Dann bekommst du Namen und Telefonnummern der zuständigen Bearbeiter genannt. Bleib hartnäckig. Hast du ein Problem, das dich belastet, dann hast du auch ein Recht da-*

**Du hast das Recht auf Beratung und Hilfe durch das Jugendamt.**

rauf, beraten zu werden. Meistens sind die Bearbeiter Sozialpädagogen. Also Fachleute. Erzähl kurz am Telefon, was dich bedrückt und mach am besten einen persönlichen Gesprächstermin aus.

Wenn der Tag des persönlichen Gesprächs gekommen ist, könnt ihr auch einen Freund oder eine Freundin mitnehmen – oder eure Eltern. Jetzt habt ihr im Jugendamt den Spezialisten für eure Probleme gefunden. Je nach Problemlage geht's dann weiter. Vielleicht reicht ein gutes Gespräch und alles ist wieder in Ordnung. Oder es gibt ein gemeinsames Gespräch mit deinem Vater oder deiner Mutter. Je nachdem wie es am besten ist. Sind deine Probleme größer, zum Beispiel wenn es um Gewalt in deiner Familie geht, oder wenn du große Schulschwierigkeiten hast, oder es niemanden gibt, der dich so richtig unterstützt, dann können spezielle Maßnahmen beim Jugendamt beantragt werden. In jedem Fall hast du ein klares Mitspracherecht, wenn es darum geht, was gemacht werden soll: Das regelt der Paragraph 8 des Kinder- und Jugendhilfegesetzes. Noch ein Rat: Lass dich nicht abschrecken von den vielen verschiedenen Maßnahmen, sondern lass sie dir erklären. Was das Jugendamt alles für dich machen kann, steht hier in den einzelnen Kapiteln. Aber so viel sei jetzt schon mal gesagt: Da gibt es etwa den Er-

**In jedem Fall hast du ein klares Mitsprache-recht.**

*ziehungsbeistand, das ist ein Betreuer oder eine Betreuerin, der/die euch zur Seite steht. Oder da gibt es die soziale Gruppenarbeit. Das ist ein Treffen, bei dem sich regelmäßig Jugendliche mit gleichen oder ähnlichen Problemen zusammenfinden. Steht in Paragraph 30 des Kinder- und Jugendhilfegesetzes. Das Wichtigste: du hast die Möglichkeit, einen festen Gesprächspartner zu bekommen. Ein Profi an deiner Seite!«*

**Die Verwaltungen informieren über deine Rechte.**

Wenn es um deine Rechte geht, ist es also zunächst einmal wichtig, wie du zu deinen Informationen kommst. Obwohl viele die Verwaltung verfluchen oder bei Behörden einfach nicht durchblicken, sind es gerade die Verwaltungen, die es dir leicht machen, dich über deine Rechte zu informieren. Frag nach dem, was du wissen willst. Und vergiss zwei Dinge nicht:

**Erstens:** Du kannst wirklich an den Falschen geraten, der keine Lust hat, lange mit dir zu reden. Nimm das nicht persönlich. Der Sachbearbeiter ist schlichtweg schlecht, wenn er dir keine genaue Auskunft gibt. Und das hat nichts mit dir zu tun.

**Zweitens:** Vergiss nicht, dass du ein Recht hast, dich zu informieren.

**Also:** Lass dich nicht abhalten, verunsichern oder dumm anreden. Lass dir Info-Broschüren mit Adressen

**Lass dich nicht verunsichern oder dumm anreden.**

schicken. Allein in München haben das Stadtjugendamt und der Kreisjugendring eine Informationsbroschüre (»München Tipp«) herausgegeben, in der mehr als 100 einschlägige Adressen stehen: Beratungsstellen, telefonische Notrufe, Jugendwohngemeinschaften, Frauenprojekte. Frag nach solchen Broschüren. Dann hast du so etwas wie ein Adressbuch in der Hand, ein Nachschlagewerk. Nur Mut, eine Nummer in diesem Buch zu wählen, wenn Bedarf besteht. Nicht nachgeben. Bei unbefriedigenden Antworten: nachfragen.

**Übrigens:** Vorurteile bei Behörden helfen nicht weiter. Es kann sein, dass dich gerade der Jugendbeauftragte der Polizei besser berät, als dein Vertrauenslehrer an der Schule. Also: ausprobieren.

## eine auswahl der wichtigsten rechte vorab

Die Rechtsprechung und die Ämter richten sich nach folgender Alterseingrenzung, über die du ruhig lachen darfst: Bis 14 Jahre bist du »ein Kind«, zwischen 14 und 18 Jahren »ein Jugendlicher«, und ab 18 Jahren »ein junger Erwachsener«. Nach dieser Einteilung richten sich auch Strafmaßnahmen oder Hilfen für dich.
Immer wieder ist bei den Gesetzen, die dich betreffen, vom gesetzlichen Vertreter die Rede. Wer aber ist der gesetzliche Vertreter? In der Regel sind es die Eltern oder diejenigen, die das Sorgerecht für dich haben. Wenn du keine Eltern hast oder deinen Eltern zum Teil das Sorgerecht entzogen wurde, dann tritt an diese

Stelle der so genannte Vormund. Das können von Berufs wegen Sozialpädagogen oder Juristen sein, aber auch Nachbarn und nahe Verwandte. Und es gibt noch die Möglichkeit, dass eine Institution wie das Jugendamt dein Vormund wird. Kurz und gut: Ein Vormund ersetzt, solange du noch nicht volljährig bist, deine Eltern.

**18 Jahre ...**

... sind ein magisches Alter. Dann bist du volljährig. Und der Tag, an dem du 18 wirst, ist wahrscheinlich der rechtlich einschneidendste Geburtstag in deinem ganzen Leben. Denn rein rechtlich ändert sich eine ganze Menge. Endlich kannst du Kauf-, Miet-, Kredit-, Ausbildungs- oder Arbeitsverträge in eigener Verantwortung abschließen. Doch so schön das auch klingt, die Realität ist nicht unbedingt ein Paradies. Niemand gibt dir aus reiner Sympathie einen Kreditvertrag. Und ein Miet- oder Kaufvertrag wird nur mit dem abgeschlossen, der auch bezahlen kann.

**Rechtlich ändert sich eine ganze Menge.**

Dass du jetzt für jeden angerichteten Schaden voll verantwortlich bist, ist auch so eine Realität. Aber das ist schon in Ordnung, du willst schließlich nicht ewig im Schatten deiner Eltern stehen. Ein handfester Vorteil ist natürlich, dass du jetzt endlich heiraten darfst: Hast du nicht schon seit deinem zwölften Lebensjahr darauf gewartet? Nichts wie ran! Und noch so ein Vorteil ... am Wahlabend wird von nun an deine Stimme mit ausgezählt. Soll heißen: Du darfst wählen. Wenn also die Partei, die du gewählt hast, einundvierzig-Komma-zwei Prozent bekommen hat, dann weißt du, dass sie das ohne deine Stimme nie und nimmer geschafft hätte ... Wie alle anderen darfst du dich jetzt so richtig aktiv am

Wahlabend freuen oder ärgern. Lebst du in Niedersachsen, dann bist du allen anderen weit voraus. Dort darfst du schon ab 16 an den Kommunalwahlen teilnehmen.

## abschluss von verträgen

Auch wenn die Zeitspanne aberwitzig klingt, sie ist juristisch genau bestimmt: Zwischen sieben und 18 Jahren darfst du Entscheidungen, die auch Verpflichtungen mit sich bringen, nur mit der Zustimmung eines gesetzlichen Vertreters treffen.

Über **kleinere Anschaffungen**, die sich im Bereich des üblichen Taschengeldes bewegen, kannst du selbst entscheiden – oder »selbständig handeln«, wie der Jurist sagt.

Geht es um deinen **Arbeitsvertrag**, dann kannst du vom gesetzlichen Vertreter dazu ermächtigt werden, den Vertrag zu schließen. Solange du jedenfalls noch nicht volljährig bist, hat der gesetzliche Vertreter mitzubestimmen, wenn sich aus deinem Vertrag Pflichten ergeben.

Ab 16 Jahren ist die **Heirat** (Ehevertrag) möglich. Das klärt der Paragraph 1303 des Bürgerlichen Gesetzbuches (BGB). Bist du und dein Freund oder deine Freundin noch nicht 18, dann ist die Zustimmung der Eltern oder des gesetzlichen Vertreters notwendig. Andererseits genügt es, wenn einer von euch, also du, dein Freund oder deine Freundin volljährig ist.

## verantwortung für schäden

Wer volljährig ist, der ist für den angerichteten Schaden voll verantwortlich. Unter 18 Jahren bist du für den angerichteten Schaden dann verantwortlich, wenn man dir nachweisen kann, dass du die nötige Einsicht dabei gehabt hast. Oder anders ausgedrückt: Weil du mit 14 Jahren weißt, dass Holz brennt, kannst du dich schlecht herausreden, wenn du die hässliche Schrankwand in deinem Zimmer abgefackelt hast.

**»Volljährig« heißt: voll verantwortlich.**

## strafrechtliche verantwortung

Bis **13 Jahre** bist du absolut strafunmündig. Aber je nachdem, wie schwerwiegend die Tat ist, die du angerichtet hast, sind erzieherische Maßnahmen durch Jugendbehörden und das Vormundschaftsgericht möglich.

**Zwischen deinem 14. Lebensjahr und deiner Volljährigkeit mit 18 Jahren** bist du für deine »Taten strafrechtlich verantwortlich«, wenn du »zur Zeit der Tat reif genug gewesen« bist, das Unrecht deines »Handelns einzusehen«. Bist du in diesem Zusammenhang bereits 16 Jahre und sagst vor Gericht als Zeuge aus, kann man dir eine Aussage unter Eid abverlangen. Das ist nicht unwichtig zu wissen, denn, ein »Meineid« ist ein Verbrechen nach Paragraph 154 Strafgesetzbuch (StGB). Sagst du also unter Eid falsch aus, kannst du bestraft werden.

**Ab der Volljährigkeit** bist du für dein Handeln voll verantwortlich und strafmündig. Bis zu deinem 21. Lebensjahr kannst du, entsprechend deiner »Reife«, wie es heißt, noch als Jugendlicher oder als Erwachsener bestraft werden.

## jugendschutz

**Das Jugendschutzgesetz regelt den Freizeitbereich.**

Das Jugendschutzgesetz regelt vieles, was in deiner Freizeit passiert. Zum Beispiel: Zwischen zwölf und 14 Jahren darfst du nur ins Kino, wenn der Film auch »ab zwölf Jahren freigegeben« ist und die Vorstellung um 20.00 Uhr beendet ist. Ab 14 Jahren darfst du immerhin schon bis 22.00 Uhr im Kino sein. Ab 16 Jahren ändert sich wieder etwas: Zwar müssen die Filme, die du siehst, »ab 16 Jahren freigegeben«, aber du darfst immerhin bis 24.00 Uhr im Kino sein. Überhaupt darfst du jetzt in aller Öffentlichkeit zeigen, dass du rauchst. Und dann gibt es da noch den genialen Begriff der »Tanzveranstaltung« ... Das heißt, du kannst jetzt auch bis Mitternacht gemütlich in deinem Club rumlungern.
Willst du mehr darüber wissen, wie weit du in deiner Freizeit gehen kannst – check it out im Kapitel »Freizeit«. Den Gesetzestext findest du ab Seite 121.

## religion

Hast du gewusst, dass du ab zwölf Jahren nicht mehr gegen deinen Willen zum Religionswechsel gezwungen werden kannst? Das ist dann der Fall, wenn sich die Eltern über die Religionsfrage uneinig sind. Ab vierzehn Jahren bist du »religionsmündig«. Heißt: Du allein bestimmst deine Zugehörigkeit und deinen Wechsel zu einer Religion.

## staatsbürger und ausländer

Als deutscher Staatsbürger ist ab dem 13. Lebensjahr eine Ausnahme vom Beschäftigungsverbot möglich. Genaueres dazu im nächsten Kapitel, wenn es um das Thema »Jobben und Schule: Was ist erlaubt?« geht. Ab 14 Jahren hast du das Recht auf Erteilung eines Führungszeugnisses. Bist du 16, musst du darauf achten, einen gültigen Personalausweis oder Reisepass zu besitzen, den du auf Verlangen der Behörde vorlegen musst. Mit Volljährigkeit tritt das Wahlrecht in Kraft und für junge Männer die Wehrpflicht oder der Zivildienst.

Bist du Ausländer in Deutschland, dann hängen deine Rechte davon ab, woher du kommst. Nach deinem »Status« regelt sich alles. Dein Herkunftsland, EU- oder Nicht-EU-Land, bestimmt deine Rechte. Und warum du in Deutschland bist: Flüchtling? Asylant? ...

**Nach deinem »Status« regelt sich alles.**

- Die **Aufenthaltsberechtigung** ist der sicherste Ausweisungsschutz. Nach acht Jahren rechtmäßigen Aufenthalts wird sie dir erteilt. Zudem musst du deinen Lebensunterhalt aus eigener Arbeit sichern können.
- Die **unbefristete Aufenthaltserlaubnis** wird nach fünf Jahren Aufenthalt und besonderer Arbeitserlaubnis erteilt.
- Eine normale **Aufenthaltsbefugnis** ist jeweils auf zwei Jahre befristet und wird aus humanitären Gründen erteilt.
- Zu unterscheiden ist die **Aufenthaltsgestattung**. Das trifft für Asylsuchende zu – ihnen wird der »Aufenthalt gestattet«. Dauer: In der Regel drei bis sechs

Monate und bis das Asylverfahren abgeschlossen ist.

- Eine **Aufenthaltsbewilligung** erhält ein Ausländer für maximal zwei Jahre, wenn er einen vorübergehenden Aufenthalt plant. Ein anschließender Daueraufenthalt ist nicht möglich.
- Last but not least: die **Duldung**. Die Duldung stellt keinen wirklichen Aufenthaltsstatus dar. Die Duldung erhalten zum Beispiel Flüchtlinge, die abgeschoben werden sollen, aber aus humanitären Gründen nicht abgeschoben werden können. Nach zwei Jahren Duldung sollte eine Aufenthaltsbefugnis erteilt werden.

## was ist was: kinder- und jugendhilfe, jugendstrafrecht, jugendschutz?

**In den Gesetzen ist festgelegt, was du darfst.**

Wenn du mit dem Jugendamt zu tun hast, kann es gut sein, dass Begriffe wie »Jugendhilfe« oder »Jugendschutz« fallen. Es ist gar nicht schwer, die einzelnen rechtlichen Grundlagen zuzuordnen. Wenn du erst einmal weißt, welches Gesetz wofür steht, dann gewinnst du an Sicherheit und kannst mitreden. Hast du gewusst, dass das Jugendhilfegesetz für dich wichtig werden kann, wenn sich deine Eltern scheiden lassen? Oder dass das Jugendschutzgesetz regelt, bis wie viel Uhr du ausgehen darfst? Gesetze haben etwas Bevormundendes wie die Sprüche von Eltern: »Das darfst du nicht ...« Aber in den Gesetzen ist auch festgelegt, was du darfst. Deshalb: schlag nach und informier dich.

Ein Blick hinter die Kulissen der maßgeblichen Gesetze:

## kinder- und jugendhilfegesetz

Im Jahr 1991 wurde das so genannte Jugendwohlfahrtsgesetz durch das neue Kinder- und Jugendhilfegesetz abgelöst. Jugendpolitik und Jugendarbeit sind nach dem Grundgesetz der elterlichen Erziehungsfunktion untergeordnet. Fällt jene Erziehungsfunktion aus, springt der Staat ein. Es ist ein Ziel der Jugendpolitik, junge Menschen in die Gesellschaft zu integrieren.

Daraus erklärt sich auch die Jugendhilfe: Sie unterstützt deine Eltern in problematischen Situationen. Bei der Erziehung – etwa wenn »ein Partner ausfällt«. Damit sind die allein erziehenden Elternteile angesprochen und die Situation bei Scheidungen. Können deine Eltern ihre Erziehungsfunktion auf längere Sicht hin nicht mehr wahrnehmen, dann regelt die Jugendhilfe die Einweisung in Pflegefamilien oder Jugendheime. Damit jeder Jugendliche auch ein selbständiges Leben beginnen kann, hat die Jugendhilfe Partner, die verschiedene Funktionen übernehmen. Dazu zählen freie Träger, aber auch Selbsthilfegruppen und Wohlfahrtsverbände. Tageseinrichtungen, Tagespflege oder Kindergartenplätze richten sich ebenso nach der Kinder- und Jugendhilfe.

**Die Jugendhilfe unterstützt deine Eltern.**

## jugendstrafrecht

Verstößt du gegen das Strafrecht, muss das noch nicht heißen, dass du gleich beim Jugendrichter vorgeladen werden musst. Der Jugendrichter wird erst tätig, wenn ihn die Jugendstaatsanwaltschaft einschaltet. Das geschieht meist dann, wenn die Tat als nicht geringfügig angesehen wird und erzieherische Maßnahmen (z.B. Aushilfe bei sozialen Einrichtungen) nicht ausreichen, um den Täter von seinem falschen Handeln zu überzeugen. Vor dem Jugendrichter landen also in der Regel die wirklich »härteren Fälle«. Nun kommt es ganz auf den Jugendrichter an. Er kann ein Vermittlungsgespräch zwischen Täter und Opfer vorschlagen. Aber er hat auch die Möglichkeit, einen Jugendarrest von ein bis vier Wochen zu verhängen. Oder er macht vom Jugendstrafrecht in vollem Umfang Gebrauch, wonach er die Möglichkeit hat, Jugendliche zwischen sechs Monaten bis fünf Jahren hinter Gitter zu bringen – bei ganz schwer wiegenden Fällen sogar noch darüber hinaus: bis zu zehn Jahren.

**Vor dem Jugendrichter landen die »härteren« Fälle.**

## jugendschutz

Es ist in diesem Buch schon darüber gesprochen worden: Das Jugendschutzgesetz regelt deine Freizeit.
Dieses Gesetz wurde erlassen, um Jugendliche zu schützen. Es richtet sich also an die, die Jugendliche gefährden. Dazu zählen Kinobesitzer, Gastwirte, Verkäufer ... Im Jugendschutzgesetz ist unter anderem festgelegt, dass du unter 16 Jahren in der Öffentlichkeit nicht rauchen darfst. Der Umgang mit Alkohol, die Freigabe von Kinofilmen – das alles regelt das Jugendschutzgesetz.

# schule

Jeden Morgen das Gleiche: Auf den Parkplätzen und den Fahrradhöfen vor der Schule wird's eng. In den Fluren und der Aula dröhnt ein hundertfaches »Hi«, »Hallo«, »Arschloch!«. Jeder geht zu seiner »Arbeit« – Schüler, Lehrer, Schulleitung. Und eigentlich funktioniert die Schule auch ein bisschen wie eine Firma. Da gibt es die Vertrauenslehrer, so eine Art Betriebsräte. Da gibt es den Schuldirektor, den Ober-Chef. Da gibt es die Klassenleiter, die »Abteilungsleitern« entsprechen. Und die meisten sind Arbeiter, die nach genauen Dienstplänen arbeiten – die Schüler ...

## welche rechte habe ich als schüler?

Wenn du volljährig bist, hast du als Schüler ein paar Rechte mehr. Post von der Schule geht nicht mehr an deine Eltern. Zeugnisse kannst du selbst unterschreiben. Entschuldigungen kannst du selbst verfassen. Aber, bemessen an der Zahl aller Schüler, sind die volljährigen Schüler in der absoluten Minderheit.

### hausaufgaben

Hier kannst du dich so orientieren: Zwei Stunden Hausaufgaben pro Tag sind zulässig, in höheren Klassen bis zu drei Stunden. Dabei handelt es sich allerdings um »Soll«-Richtlinien, die in jedem Bundesland unterschiedlich sind. Das heißt: Hausaufgabenzeiten sind rechtlich nicht verbindlich festgelegt. Es gibt nur Orientierungsmuster, über die dich auch die SMV (Schülermitverwaltung) informieren kann.

## prüfungsstress

**Die Schulordnungen der Bundesländer sind unterschiedlich.**

Die meisten Schulordnungen der einzelnen Bundesländer schreiben vor, dass nur eine Probearbeit (oder Schulaufgabe) pro Tag zulässig ist. Auch dass nicht mehr als zwei dieser wichtigen Prüfungen in einer Woche stattfinden sollen, ist darin festgelegt. Die Schulordnungen der Bundesländer sind jedoch unterschiedlich. Aber eines ist überall gleich, egal, wo man in Deutschland wohnt: Euren Schulleiter könnt ihr in jedem Fall in die Verpflichtung nehmen. Denn er muss euch sagen, wie viele Tests pro Tag und Woche zulässig sind – schließlich ist er laut Lehrerdienstanordnung dafür verantwortlich, dass die Probearbeiten auch gleichmäßig verteilt werden. Also: schickt im Zweifelsfall euren Klassensprecher zum Info-Gespräch mit dem Schulleiter.

## walkman im unterricht

Jeder Schüler muss sich laut Schulordnung so verhalten, dass er und seine Klasse das Bildungsziel erreichen. Hört jemand Walkman, dann hört er nicht, was der Lehrer sagt. Insofern verstößt ein eiserner Walkman-Hörer im Unterricht gegen die Schulordnung. Der Lehrer kann also eine Ordnungsmaßnahme erlassen. Bis hin zum Verweis!

## strafe, strafaufgaben, nachsitzen

Jede körperliche Strafaufgabe oder Züchtigung ist verboten. Die Schulgesetze in Hamburg, Berlin und Bremen verbieten Strafaufgaben ohne pädagogischen Sinn: Dazu zählen zum Beispiel Sätze, die der Schüler hundert Mal als Strafe zu schreiben hat. Kollektivstrafen sind generell rechtswidrig. Der Lehrer kann also keine ganze Klasse bestrafen.

Was das Nachsitzen betrifft, haben die Baden-Württemberger schlechte Karten: Hier ist Nachsitzen als Ordnungsmaßnahme tatsächlich erlaubt. Das hat jedenfalls dort der Verwaltungsgerichtshof beschlossen. In keinem anderen Bundesland ist diese Ordnungsmaßnahme rechtlich festgelegt.

## wehren gegen schlechte noten

**Noten anzufechten ist schwierig.**

Was machen, wenn du glaubst, der Lehrer benotet dich zu schlecht oder ungerecht? Noten anzufechten ist schwierig. Dennoch: der Lehrer muss seine Beurteilung vor deinen Eltern (wenn du noch nicht volljährig bist) und vor der Schulleitung begründen können. Er kann sich also nicht so einfach drücken, wenn du glaubst, du bist unfair beurteilt worden. Gleichwohl hat jeder Lehrer bei der Benotung einen Ermessensspielraum. Das macht die Sache für dich allerdings nicht einfacher. Der Ermessensspielraum darf nicht zu einer Ungleichstellung zwischen dir und anderen Mitschülern führen. In Ausnahmefällen muss ein Lehrerkollege deine Arbeit zweitkorrigieren.

## sex an der schule

Sex in der Aula geht nicht, soll heißen: ist verboten – auch auf dem Pausenhof oder im Klassenzimmer. Du gefährdest deine Mitschüler – nicht, weil sie bei deiner vertrackten Stellung über dich drüberfallen könnten, sondern weil Sex in der Öffentlichkeit jemanden auch belästigen oder schockieren kann: Warnschilder, die du deshalb in der Schule aufstellen könntest, helfen auch nicht weiter. Sex mit Freund oder Freundin also nur außerhalb der Schule, wo einem nicht gerade der ganze Marktplatz zusieht. Aber: Küsschengeben ist immerhin erlaubt.

## wann endet die schulstunde

Der Gong beendet die Stunde. Aber: wenn der Lehrer noch Hausaufgaben durchgibt oder wenn er etwas zu sagen hat, was »erzieherisch sinnvoll« ist, dann hat er das letzte Wort. »Erzieherisch sinnvoll« können auch Ratschläge sein. Und davon gibt es leider eine ganze Menge ...

## schülerzeitung

Eine richtige Schülerzeitung ist ein »Werk der Schüler« und unterliegt der Pressefreiheit (Artikel 5 Grundgesetz) – Zensur ist deshalb verboten. Man muss jedoch zwischen Schülerzeitungen unterscheiden, die innerhalb der Schule verkauft oder verteilt werden, oder außerhalb der Schule. Innerhalb der Schule kann der Schulleiter durchaus seinen Einfluss geltend machen. Entweder dann, wenn bei ihm oder einem seiner Lehrer das »Recht auf persönliche Ehre« verletzt ist, oder die Schule selbst Herausgeber ist: Arme Redaktion, das Heft wandert dann automatisch in die Hände des Schulleiters. Inwiefern die Schulleitung mitzureden hat, ist von Bundesland zu Bundesland verschieden und hängt auch sehr stark von der Einstellung der Schulleitung ab. Für alle Jungredakteure und Schreiber gibt es weitere Informationen unter der Internetadresse:

**Eine Schülerzeitung unterliegt der Pressefreiheit.**

www.deutsche-jugendpresse.de.

## der schulstreik

Wer die Schule verlässt, hat weit über tausend Tage mit Lehrern und Schülern hinter sich. Da kommen neben ein paar hundert Prüfungen noch eine ganze Menge anderer Erfahrungen dazu. Anna Buchwald hat's überlebt. Im nachfolgenden Beitrag geht es um eine solche Erfahrung – nämlich um den Schulstreik.

Von Anna Buchwald (19)

*»Eines Morgens, als ich in die Schule kam, standen mal wieder ein paar Schüler vor dem Tor und verteilten Flyer. Um eine Demo oder einen Streik ging es da. Schulreform? In der ersten Pause wurden wir von einer Schülersprecherin gefragt, ob wir mitgehen, zur Uni,*

*da würden sich alle treffen, um dann zum Kultusministerium weiterzugehen. Ja, worum geht's denn eigentlich? ›Schulreform‹? Können wir das einfach so machen? Weg vom Unterricht, einfach demonstrieren? Was sagen die Schulleitung und die Lehrer? Alle waren sich unsicher.*
*Aber eine schlechte Idee war's eigentlich nicht. Denn die Schulbücher sind Scheiße und es gibt zu wenige Exemplare. Aber ein Streik? Wir bekommen ja keinen Lohn, und wenn wir nicht in die Schule gehen, dann bricht auch keine Versorgungskette zusammen.*
*In der Stunde nach der Pause sprach der Lehrer das Thema an und fragte nach Meinungen. Einige waren begeistert, andere hielten es für den größten Unsinn. Der Lehrer stellte es uns frei, jetzt aufzustehen und zu gehen, aber nicht ohne vorher anzumerken, dass eine Demo während der Schulzeit leicht als Faulheit der Schüler interpretiert werden könnte.*
*Einige packten schließlich ihr Zeug zusammen und verließen das Klassenzimmer. Wir waren nur wenige, aber auf dem Gang und vor der Schule trafen wir noch auf ein paar Grüppchen. Bis erst einmal Klarheit herrschte, wer, wann, warum und wohin gehen sollte, dauerte es eine ganze Weile. Wir sonnten uns und sorgten für ausreichend Verpflegung. Immer wieder trafen wir Bekannte, die auch wenig*

*Ahnung hatten, was abging. Irgendwann machten wir uns, schon etwas unruhig geworden, auf den Weg zur Uni. Es herrschte Aufbruchstimmung.*
*Nach einer Stunde gelangten wir zum Kultusministerium, wo sich alle so gut es ging versammelten. Doch dann ging's los. Eier wurden ausgepackt, Tomaten, Farbbeutel, immer feste drauf auf die Wand. Die Polizei löste die Veranstaltung auf und alle gingen auseinander.*
*Wieder zurück in der Schule, gerade rechtzeitig zum Schulschluss, konnten wir von unserem Streik erzählen. Ein bisschen verwegen und mutig kamen wir uns schon vor. Wir hatten der »Null-Bock-Generation« getrotzt. Beim nächsten Wandertag mussten wir in der Schule bleiben und Arbeitsaufgaben bearbeiten: Strafe wegen des Schulstreiks!«*

## der rechtliche hintergrund zum schulstreik

**Streik gibt es an Schulen nicht.**

Anna und ihre Demonstranten, die als »Strafe Arbeitsaufgaben bearbeiten« mussten, hatten Glück und nette Lehrer. Denn einen Streik als solchen gibt es an Schulen nicht. Schüler stehen in keinem Arbeitsverhältnis, sondern müssen der Schulordnung nachkommen. Demnach sind sie verpflichtet, am Unterricht teilzunehmen. Die Schule ist in diesem Sinn kein Arbeitgeber. Ein so genannter »Schulstreik« ist also verboten und wird als »unentschuldigtes Fernbleiben vom Unterricht« geahndet. Die Schulleitung kann hiergegen Ordnungsmaßnahmen ergreifen. Und dazu gehört auch der Verweis.

## jobben und schule: was ist erlaubt?

**Ab 13 Jahren darfst du jobben.**

Grundsätzlich ist reguläres Arbeiten in einem Betrieb nach der Regelschulzeit (neun Jahre) erst erlaubt, wenn du deinen 15. Geburtstag gefeiert hast. Bist du nach der Schulentlassung noch keine 15 Jahre, dann darfst du dennoch eine Berufsausbildung beginnen.
Für Schüler gelten andere Grundlagen, das regelt die Jugendarbeitsschutz- und Kinderarbeitsschutzverordnung.
Dabei ist wichtig, ob du noch vollzeitschulpflichtig bist. Das bist du, solange du die 9. Klasse noch nicht abgeschlossen hast. Für Schüler unter 13 Jahren ist das Arbeiten generell verboten.

### ab wann darf ich jobben und was?

Bist du über 13 Jahre und noch vollzeitschulpflichtig (bis zur 9. Klasse), dann ist Erwerbsarbeit nur in Ausnahmefällen möglich. Dies bestimmt der Paragraph 2 der Jugendarbeitsschutz- und Kinderarbeitsschutzverordnung. Du darfst zum Beispiel Zeitungen austragen, Babysitten oder Nachhilfeunterricht geben. »Leicht und geeignet« muss die Arbeit für dich sein, sagt der Gesetzgeber. Im Einzelnen erlaubt jener Paragraph 2 folgende Arbeiten zum Geldverdienen:

- Austragen von Zeitungen, Zeitschriften, Anzeigeblättern und Werbeprospekten
- Tätigkeiten in Haushalt und Garten
- Botengänge
- Betreuung von Kindern und anderen zum Haushalt gehörenden Personen
- Nachhilfeunterricht
- Betreuung von Haustieren
- Einkaufstätigkeiten mit Ausnahme des Einkaufs von alkoholischen Getränken und Tabakwaren
- Ernte (bei landwirtschaftlichen Betrieben)
- Selbstvermarktung landwirtschaftlicher Erzeugnisse
- Versorgung von Tieren
- Handreichungen beim Sport
- Tätigkeiten bei nichtgewerblichen Aktionen und Veranstaltungen der Kirchen, Religionsgemeinschaften, Verbände, Vereine und Parteien.

## ferienjob

Bist du über 15 Jahre und Schüler, darfst du einen Ferienjob von höchstens vier Wochen im ganzen Jahr während deiner Schulferien ausüben. Bist du unter 15 Jahren, dann gelten weiterhin die Bestimmungen, dass die Arbeit für dich »leicht und geeignet« sein muss.

## schüler und künstler

Bist du noch vollzeitschulpflichtig und spielst nicht nur als Hobby Theater, dann gelten engere Bestimmungen. Das ist dann der Fall, wenn du einen Job ausübst, der eine »gestaltende Mitwirkung« vorsieht. Also als Schauspieler oder Musiker. Deiner Karriere als Film-, Theater-, Pop- oder Techno-Star steht aber nichts im Wege. Bist du noch nicht 15 Jahre oder vollzeitschulpflichtig, dann gilt:

- für Theater/Film: vier Stunden täglich (zwischen 10.00 - 23.00 Uhr)
- für Musikaufführungen: drei Stunden täglich (zwischen 8.00 - 22.00 Uhr).

Insgesamt darfst du allerdings nur 30 Tage im Kalenderjahr »gestalterisch« arbeiten. Dabei gelten alle Proben (Theaterproben, Musikproben etc.) als Arbeitszeit.
Noch Fragen? Wenn es um Details geht, dann hilft das Gewerbeaufsichtsamt weiter.

# ende der schulzeit – und dann?

Über 370 anerkannte Ausbildungsberufe gibt es. Und jährlich werden es mehr, weil die Entwicklung auf dem Arbeitsmarkt so schnell voranschreitet. Das macht es dir nicht leichter, dich zu entscheiden. Aber das Berufsinformationszentrum des Arbeitsamtes (BIZ) hilft dir da weiter. Überhaupt kann dir das Arbeitsamt helfen, wenn du nicht weißt, welchen Beruf du erlernen willst. Auf zum Berufsberater! – Aber am besten, du hast schon eine Vorstellung davon, in welche Richtung die berufliche Zukunft gehen soll. Du kannst auch über ein Betriebspraktikum, eine »Schnupperlehre« oder einen Ferienjob die erste Berufserfahrung sammeln. Vielleicht hilft dir das mehr, als die Infobroschüren des Arbeitsamtes.

**Auf zum Berufsberater!**

Wer keinen Ausbildungsplatz gefunden hat, sollte nicht gleich resignieren. Die Arbeitsämter bieten eine Fülle von Maßnahmen, die dir berufliche Qualifikationen ermöglichen. Deshalb: Berufsberatung im Arbeitsamt. Telefon in die Hand und Termin ausmachen. Ein Arbeitsamt gibt es in jeder Kreisstadt. Überhaupt hilft so ein Gespräch, um unabhängiger über seinen Berufswunsch nachzudenken. Die Eltern, Onkel oder Tanten argumentieren meist aus ihrer Erfahrung heraus. Von neuen Berufen wissen sie aber oft ziemlich wenig. Der Weg zum Arbeitsamt ist, auch wenn es merkwürdig klingt, ein ganz guter Schritt, um unabhängig zu werden.

## wenn die schule zu ende ist, gehen die probleme erst richtig los

Es kann ein ganz schöner Hammer sein, wenn man aus der Geborgenheit der Schule einfach mit einem Abschlusszeugnis entlassen wird ...

Von Daniel Corbic (20)

*»Gerade hat man seinen letzten Jetzt-ist-die-Schule-aus-Party-Rausch ausgeschlafen, da klopft der Ernst des Lebens an die Tür und stört einen bei der Suche nach der Antwort zur Frage: »Gibt es ein Leben nach der Schule?«*
*Ja, es gibt eines und es ist phantastisch! Wäre da nur nicht das Klopfen an der Tür, das sagt: Es gibt noch mehr als nur Feiern. Das Klopfen war bei mir ein Schreiben des Stadtjugendamtes, in dem stand, dass sie meiner Mutter das Kindergeld gestrichen hatten, weil ich jetzt kein Schüler mehr war. Was tun? Ich bin doch jetzt eigentlich gar nichts. Also weder Schüler noch Zivi. Alles, was ich weiß, ist, dass meine Verweigerungsunterlagen beim »Bundesamt für Zivildienst« liegen.*
*Um zwischenzeitlich nicht Nichts zu machen, habe ich ein Praktikum angefangen. Und schon klopft es wieder. Nur wird diesmal nach meiner Lohnsteuerkarte gefragt. Da ich bereits meine Lohnsteuerkarte, die ich zugeschickt*

*bekommen habe, bei der Praktikumsstelle abgegeben habe, muss ich jetzt eine zweite Karte zur Zivildienststelle losschicken. Aber wo kriege ich die zweite Karte her? Wofür hat man Freunde? – Also bei der Stadtverwaltung anrufen. Aber wann soll ich das eigentlich in Angriff nehmen, wenn ich von 9.00 bis 18.00 Uhr mein Praktikum mache? Nach 18.00 Uhr haben die ganz sicher nicht geöffnet. Und in der ersten Woche möchte ich nicht gleich später zum Praktikum erscheinen.*
*Während der Schulzeit bestand der Tag darin, die Stunden rumzukriegen oder Prüfungen zu schreiben. Also gut, Lohnsteuerkarte: Sicher kann sie doch auch telefonisch bestellt werden, wenn man schon Pizza und vieles mehr telefonisch kriegt. Auskunft: gut, eine Nummer habe ich jetzt bekommen. Anruf. Besetzt. Okay, dann später. Anruf: Freiton, aber wieso geht niemand ran? Gleich nochmal. Besetzt? Warum denn das? Falsche Nummer? ...«*

## ausbildung

Rechtsgrundlage für die Berufsausbildung ist das Berufsbildungsgesetz und die Handwerksordnung. Hierin wird der Berufsausbildungsvertrag geregelt. Prüf nach, ob dein Ausbildungsvertrag in Ordnung ist, denn es gibt Punkte, die in jedem solchen Vertrag enthalten sein müssen.

### der ausbildungsvertrag

Folgende Angaben muss ein Ausbildungsvertrag beinhalten:

➊ Art, sachliche und zeitliche Gliederung sowie Ziel der Ausbildung
➋ Beginn und Dauer der Ausbildung
➌ Ausbildungsmaßnahmen außerhalb der Ausbildungsstätte
➍ Dauer der regelmäßigen täglichen Ausbildungszeit
➎ Urlaubszeiten
➏ Zahlung und Höhe der Ausbildungsvergütung
➐ Dauer der Probezeit
➑ Möglichkeiten zur Kündigung des Vertrags
➒ Auf das Ausbildungsverhältnis anzuwendende Tarifverträge, Betriebs- oder Dienstvereinbarungen.

*(Informationen des Bundesministeriums für Arbeit und Sozialordnung)*

Bevor du eine Ausbildung beginnen kannst, musst du dich nach dem Jugendarbeitsschutzgesetz einer ärztlichen Untersuchung unterziehen. Dein neuer Arbeitgeber muss dich aber darauf aufmerksam machen. Nach dem Gesundheits-Check up kann's eigentlich losgehen. Auch mit deinen Rechten:

In einem Unternehmen mit einem Betriebsrat und mindestens fünf Beschäftigten unter 18 Jahren oder Auszubildenden, die das 25. Lebensjahr noch nicht abgeschlossen haben, muss eine Jugend- und Ausbildungsvertretung gewählt werden. In diesem Gremium kümmern sich Leute deines Alters um die Einhaltung des Tarifvertrages, der betrieblichen Vereinbarungen, der Unfallverhütungsvorschriften und des Jugendarbeitsschutzgesetzes.

Ein Jugendarbeitsschutzgesetz – Was ist das?
Hier ist beispielsweise die 40-Stunden-Woche festgelegt:

*»Das Jugendarbeitsschutzgesetz regelt u.a. die Arbeitszeit von Jugendlichen, das Mindestalter für eine Beschäftigung, die Dauer der Arbeitszeit, die Freistellungsverpflichtung zur Teilnahme am Berufsschulunterricht, den Urlaub.«*

## wer berät in der ausbildung wen? – beratung und beschwerde

- Wenn du Fragen zu finanziellen Bildungsbeihilfen hast, dann ruf die Arbeitsämter und Ausbildungsförderungsämter an: Schildere dein Anliegen oder lass dich einfach informieren, welche finanziellen Beihilfen für dich in Frage kommen könnten.
- Innerbetrieblich kannst du dich bei Fragen an deinen Vorgesetzten oder den Betriebs- oder Personalrat wenden.

- Daneben gibt es noch außerbetriebliche Beratungsstellen. Dazu zählen zum Beispiel die Handwerkskammern.
- Über Ausbildungsberufe und Ausbildungsstätten berät das Arbeitsamt.
- Das Arbeitsgericht ist für Streitigkeiten zuständig, die sich aus deiner Ausbildung ergeben.

Das Gewerbeaufsichtsamt gibt Auskunft über den Jugendarbeitsschutz. Das Gewerbeaufsichtsamt regelt überhaupt eine ganze Menge: Was du arbeiten darfst und was nicht, wie das ist als Babysitter und als Zeitungsausträger, wie das ist mit den Ferienjobs – und wie lange und wie viele Stunden beispielsweise Schüler arbeiten dürfen. Im Kapitel »Jobben und Schule: Was ist erlaubt?« steht mehr zu diesem Thema.

## das experteninterview zum thema ausbildung

»Ich werde ständig schikaniert, muss dauernd Kaffee kochen und putzen: Lern ich hier Depp vom Dienst, oder was?«

»Mein Chef hat mich abgemahnt und droht mit Kündigung!«

»Am liebsten würde ich meinen Ausbildungsplatz wechseln!«

Das alles sind Fragen und Beschwerden, mit denen Jula Müller vom Ausbildungs-Zukunftsbüro »azuro« in München zu tun hat. Bei ihr rufen Auszubildende aus München an und fragen um Rat.

Was muss man über seine Rechte wissen, wenn man eine Ausbildung macht?

*Unter 18 Jahren gilt das Jugendarbeitsschutzgesetz. Hier ist die 40-Stunden-Woche festgelegt. Aber auch Urlaubsanspruch, Pausen und Arbeitsverbote. Die entscheidenden Bestimmungen des Jugendarbeitsschutzgesetzes stehen in den Ausbildungsverträgen. Wichtig ist auch das Berufsbildungsgesetz.*

Was sind Kündigungsgründe?

*In der Ausbildung sind Kündigungen nicht so einfach durchzusetzen. Allerdings: Normalerweise sind die ersten drei Monate Probezeit, in der man jederzeit ohne Grund rausfliegen oder ohne Begründung selbst kündigen kann. In der Probezeit können Azubis überprüfen, ob ihnen der Ausbildungsplatz gefällt. Ausbilder überprüfen in der Probezeit die persönliche und fachliche Eignung von Azubis für den Ausbildungsberuf. Danach wird es schwerer. Für den Arbeitgeber gibt es dann nur noch die außerordentliche Kündigung. Und solchen Kündigungen müssen während der Ausbildung in der Regel zwei Abmahnungen vorausgehen. Außer natürlich, wenn Azubis was ganz Schlimmes anstellen – zum Beispiel den Chef bedrohen, Diebstahl begehen oder eigenmächtig Urlaub antreten.*

**Normalerweise sind die ersten drei Monate Probezeit.**

Welche Gründe gibt es für Abmahnungen?

*Schlechtes, störrisches Benehmen, wiederholtes Berufsschuleschwänzen. Das sind Gründe für Abmahnungen, die dann zu Kündigungen führen können. Grundlage ist der Paragraph 15 Berufsbildungsgesetz.*

Ist auch Zuspätkommen zur Ausbildungsstelle ein Abmahnungsgrund?

**Eine Abmahnung ist noch keine Kündigung.**

*Erstes Mal zu spät heißt: erste Abmahnung. Beim zweiten Mal zehn Minuten zu spät heißt: zweite Abmahnung. Beim dritten Mal fünf Minuten zu spät heißt: Die dritte Abmahnung ist die Kündigung. So kann's laufen. Das hängt vom Chef ab.*

Wenn man die Kündigung anfechten will, wie macht man das?

*Innerhalb von drei Wochen muss man Widerspruch gegen die Kündigung bei der zuständigen Kammer einlegen. Dann erhält man dort einen Termin zur Schlichtung. Hier werden der Chef und der Auszubildende vorgeladen und angehört. Beim Widerspruch sollte man auf formale und inhaltliche Sachverhalte aufpassen – am besten, man lässt sich dabei helfen, zum Beispiel von der Gewerkschaft.*

Wie ist das mit Überstunden in der Ausbildung?

*Unter 18 Jahren gilt die 40-Stunden-Woche, Mehrarbeit ist verboten. Wenn dann beispielsweise was passiert, bekommt der Arbeitgeber massiven Ärger, weil er gegen das Jugendarbeitsschutzgesetz verstößt. Wenn im Vertrag allerdings 35 Stunden festgelegt sind, dann können, wenn der Auszubildende einverstanden ist, natürlich fünf Überstunden pro Woche gemacht werden. Wenn Überstunden gemacht werden, dann sollten sie auch bezahlt werden. Ab 18 Jahren liegt die Grenze bei 60 Stunden. Allerdings: Der Ausbildungsrahmenplan ist so gestaltet, dass die Ausbildungsinhalte in 40 Stunden vermittelt werden können. Überstunden müssen also nicht sein. Wer in der Ausbildung ist, hat das Recht, dass auch Ausbildung stattfindet und man nicht zur billigen Arbeitskraft degradiert wird.*

**Überstunden müssen nicht sein.**

Das heißt: Einhaltung des Ausbildungsrahmenplans und der Ausbildungsinhalte müssen gewährleistet sein.

*Ja. Auszubildende dürfen nicht als billige Arbeitskräfte missbraucht werden. Es muss ihnen ermöglicht werden, die Ausbildungsinhalte zu erlernen.*

Was passiert, wenn die Ausbildungsinhalte nicht vermittelt werden?

*Dann sollte man das Gespräch mit dem Chef suchen und darauf hinweisen, dass man ein Recht auf die Einhaltung des Ausbildungsrahmenplans hat. Wenn das keine Besserung bringt, würde ich beim Betriebsrat oder bei der IHK (Industrie- und Handelskammer) einen Ausbildungsberater anrufen und um Rat fragen. Und wenn es dann immer noch nicht klappt, würde ich die Schlichtung bei der IHK beantragen. Dann muss der Chef seine Position vor der IHK verantworten. Die zuständige Gewerkschaft kann mich bei dem Verfahren auch unterstützen.*

**Die Gewerkschaft unterstützt dich.**

Woher weiß man, ob der Ausbildungsvertrag auch rechtlich in Ordnung ist?

*Jeder Ausbildungsvertrag muss von der IHK, der Handwerkskammer oder den Innungen genehmigt werden. Wenn er also von der entsprechenden Stelle abgestempelt ist, weiß man, dass der Vertrag normalerweise rechtlich in Ordnung ist.*

Tarifverträge sorgen für Verbesserungen hinsichtlich Gehalt und Zusatzzahlungen. Wer hat Anspruch auf tarifvertragliche Leistungen?

*Eigentlich hat nur jedes Gewerkschaftsmitglied Rechtsanspruch auf tarifliche Leistungen: denn Tarifverträge schließen die Arbeitgeber mit den Gewerkschaften für die Gewerk-*

*schaftsmitglieder ab. Es gibt aber auch allgemein verbindliche Tarifverträge wie zum Beispiel im Einzelhandel. Hier gilt der Tarifvertrag für jeden. Also auch für Nichtgewerkschaftsmitglieder.*

Soll man beim Bewerbungsgespräch darauf antworten, ob man Gewerkschaftsmitglied ist?

*Das ist eine unzulässige Frage. Niemand braucht darauf zu antworten. Hier ist es auch erlaubt zu lügen. Es geht den Arbeitgeber bei der Einstellung nichts an, ob man Gewerkschaftsmitglied ist.*

Aber wie macht man sein Recht auf Bezahlung nach dem Tarifvertrag geltend?

*Jeder sollte erst einmal die Ausbildung beginnen und sich in der Probezeit ruhig verhalten. Es gibt, je nach Tarifvertrag, unterschiedliche Fristen, wie lange man einen Anspruch auf Bezahlung nach dem Tarifvertrag rückwirkend geltend machen kann. Dazu kann man bei der Gewerkschaft oder dem Betriebsrat im Unternehmen nachfragen. Zur Not klagt die Gewerkschaft meine Ansprüche für mich ein: Gewerkschaftsmitglieder haben einen Rechtsanspruch. Da kann schon was zusammenkommen: Urlaubsgeld, Weihnachtsgeld usw.*

**Du musst das Versäumnis des Arbeitgebers nachweisen.**

Wann hat man in der Ausbildung das Recht auf Schadensersatz?

*Zum Beispiel, wenn man mit seinem Berichtsheft, das man während der Ausbildung führen muss, nachweisen kann, dass der Arbeitgeber seiner Pflicht nicht nachgekommen ist, die Ausbildungsinhalte zu vermitteln. Wer deshalb durch die Prüfung fällt und die Prüfung ein halbes Jahr oder ein Jahr später nachholen muss, kann die Differenz zwischen dem Ausbildungsgehalt und dem Gesellengehalt, das man nach bestandener Prüfung verdient hätte, als Schadenseratz einforden. Aber um Schadensersatz zu fordern, muss man das Versäumnis des Arbeitgebers nachweisen können – und das ist schwierig.*

Wenn du in der Ausbildung wegen Drogen rausfliegst, gibt's da noch eine Chance?

*Wer mit illegalen Drogen am Arbeitsplatz erwischt wird, kann fristlos gekündigt werden.*

Wie ist das mit dem Alkohol?

*Das ist natürlich höchst unterschiedlich. In manchen Betrieben ist es durchaus üblich, dass auch Bier getrunken wird. Eines gilt jedoch für alle: Wenn dir nach Alkohol- oder Drogengenuss in der Arbeit ein Unfall passiert, dann kommen du und dein Arbeitgeber in Teufels Küche. Keine Berufsgenossenschaft zahlt, keine Unfallversicherung.*

Thema sexuelle Belästigung. Wann kann man von sexueller Belästigung am Arbeitsplatz sprechen?

*Sexuelle Belästigung ist verbales oder tätliches Verhalten gegenüber anderen, das eine sexuelle Note hat und von den anderen als unerwünscht eingestuft wird. Falls eine Frau es in Ordnung findet, wenn ihr von einem Mann auf den Po geklapst wird, dann ist das keine sexuelle Belästigung. Wenn sie es unangenehm findet, dann ist es sexuelle Belästigung.*

Wie soll man handeln, wenn man in der Ausbildung sexuell belästigt wird?

**Der Vorgesetzte muss handeln und die Opfer schützen.**

*Die effektivste Strategie ist, frühzeitig zu sagen: »Bitte lass das, ich will das nicht«. Und dann kann man sagen: »Ich erzähl das meinem Freund, meinen Kollegen, dem Chef.« Hinnehmen und abwarten führt in der Regel dazu, dass sich die Belästigungen verschlimmern. Rechtsgrundlage hierfür ist das Beschäftigtenschutzgesetz. Der Vorgesetzte muss reagieren, wenn er von einer sexuellen Belästigung in Kenntnis gesetzt wird. Er muss handeln und die Opfer schützen. Ich würde jedem raten, seine Scham zu überwinden. Wenn man sich traut darüber zu sprechen, hat man oft Rü-*

*ckenwind. Schwierig ist es natürlich in kleinen Betrieben, wenn nur Azubi und Chef da sind. Hier muss man sich Hilfe von außen holen.*

Wen kann man bei sexuellen Belästigungen in der Ausbildung bei der IHK um Rat fragen?

*Man kann das Jugendamt um Hilfe bitten und zum Ausbildungsberater der IHK oder zur Gewerkschaft gehen.*

Schlau geworden aus dem Interview?
Auf den folgenden Seiten ist das Wesentliche über deine Rechte als Auszubildender noch einmal zusammengefasst.

## checkliste

Deine Rechte als Auszubildender

1. Deine Firma muss Sorge dafür tragen, dass du dein vorgesehenes Ausbildungsziel auch erreichst. Deine Probezeit am Anfang der Ausbildung muss mindestens einen Monat und darf höchstens drei Monate betragen. Du kannst während der Probezeit – wie dein Chef auch – ohne Angabe von Gründen und ohne Einhaltung einer Frist schriftlich kündigen. Dann allerdings wird's schwer: Nach der Probezeit kann nur auf Grund von schwer wiegenden Vorfällen fristlos gekündigt werden.

2. Ausbilden darf dich nur, wer persönlich und fachlich dafür geeignet und ausgebildet ist (regelt das Berufsbildungsgesetz und die Handwerksordnung).

3. Ausbildungsmittel müssen dir kostenlos zur Verfügung stehen (Werkzeuge, Werkstoffe).

4. Du musst für den Berufsschulunterricht und für Sonderveranstaltungen in diesem Zusammenhang freigestellt werden.

5. Du darfst nur Tätigkeiten ausüben, die dem Ausbildungszweck dienen und deinen Kräften angemessen sind (dazu zählen aber sehr wohl das Saubermachen des Arbeitsplatzes oder auch die Pflege der Werkzeuge!). Ausbildungsfremde Aufgaben musst du nicht übernehmen. Ebenso wenig Akkord- oder Fließbandarbei-

ten, die deine Kräfte übersteigen. Deine Arbeitszeit muss durch Ruhepausen unterbrochen werden. Die Ruhepausen müssen bei mehr als viereinhalb bis zu sechs Stunden Arbeitszeit mindestens 30 Minuten, bei mehr als sechs Stunden Arbeitszeit 60 Minuten betragen.

6. Du musst, soweit in deiner Ausbildungsordnung vorgeschrieben, während der Arbeit die Zeit haben, dein Berichtsheft zu führen.

7. Körperliche Gewalt oder Züchtigung ist verboten.

8. Die Ordnungsvorschriften deines Lehrbetriebes dürfen deine Persönlichkeitsrechte nicht einschränken. Du kannst dich jederzeit über die Ordnungsvorschriften informieren lassen.

9. Du musst vor Ablauf des ersten Ausbildungsjahres ärztlich untersucht werden.

10. Dir steht ein nach Lebensalter gestaffelter Jahresurlaub von mindestens 25 bis 30 Werktagen zu.

11. Deine Ausbildungsvergütung (Gehalt) ist so zu bemessen, dass sie mindestens jährlich ansteigt. Die Zahlung muss spätestens am letzten Arbeitstag des Monats erfolgen. Im Krankheitsfall wird die Vergütung bis zu sechs Wochen weitergezahlt (Stand 1999).

12. Verstöße gegen Bestimmungen des Jugendarbeitsschutzgesetzes sind, je nach Schwere der Zuwiderhandlungen, mit einer Geldbuße bis zu 30.000 DM, oder Gefängnis zu bestrafen (Paragraph 58 Jugendarbeitsschutzgesetz).

13. Du hast ein Recht auf Berufsausbildungshilfe, wenn du beispielsweise während deiner Ausbildung nicht bei deinen Eltern wohnst, weil du zu weit von deinen Eltern entfernt ausgebildet wirst. Bist du volljährig, verheiratet oder ist es dir unmöglich, aus sozialen Gründen zu Hause zu leben, dann ist es nicht entscheidend, wie weit du von zu Hause entfernt lebst, um Berufsausbildungsbeihilfe zu bekommen. Infos erhältst du bei jedem Arbeitsamt.

## arbeitslos

Genau genommen ist es ja die große Freiheit, gleich nach der Schule arbeitslos zu sein. Den ganzen Tag Nichtstun. Endlich an der Sonnenseite der Freiheit schlecken und seinen Gedanken nachhängen. Süßes Leben, Künstlerdasein. Wären da nicht die ewigen Fragen der Eltern und Verwandten. Wären da nicht die Freunde und Freundinnen, die alle irgendwie weitermachen. Wer arbeitslos ist, der fühlt sich schnell als Isolierter. Und das macht die Sache nicht angenehm. Arbeitslos zu sein macht nicht wirklich Spaß.

**Das Arbeitsamt vermittelt Jobangebote.**

Staatliche Hilfe bekommst du nur, wenn du dich arbeitslos meldest. Für alle Fragen hinsichtlich Ausbildung, Studium und Weiterbildung ist das BIZ (Berufsinformationszentrum) des Arbeitsamtes eine gute Adresse. Solltest du nach der Schule ohne Aussicht auf Job oder Ausbildung sein, dann melde dich beim Arbeitsamt arbeitslos. Hier gibt es jede Menge Angebote: Arbeits-, Qualifizierungs- und Beschäftigungsmaßnahmen zum Beispiel. Diese Maßnahmen richten sich vor allem an diejenigen, die keine Ausbildung machen wollen, aber auf zukünftige Jobs vorbereitet werden. Und dann gibt es noch Hilfe für diejenigen, die eine Ausbildung machen wollen, aber keine Ausbildungsstelle gefunden haben: Dazu zählt die überbetriebliche Ausbildung. Hier vermittelt das Arbeitsamt.

Sich arbeitslos zu melden ist nicht nur wichtig, um an Förderungsmaßnahmen und Job-Vermittlungen zu kommen. Sich arbeitslos zu melden ist auch wegen der Versicherungspflicht wichtig: Willst du mehr Details über Pflichtversicherungen nachlesen, dann blättere ein paar Seiten weiter. Da gibt es die Rubrik: »Was du über das ›Soziale Netz‹ wissen solltest«.

## studium

### BaftöG

Zuschüsse aus dem Bundesausbildungsförderungsgesetz (BaföG) werden zur Hälfte als zinsloses Darlehen

gezahlt. Studierende, die bei Studienbeginn noch nicht 30 Jahre alt sind, gelten zunächst grundsätzlich als BaföG-Berechtigte. Ausnahmen gelten für Absolventen des zweiten Bildungsweges, bei Erkrankung, mindestens achtjähriger Dienstverpflichtung als Soldat oder bei späterem Einstieg nach Zeiten der Kindererziehung. Wer eine Ausbildung absolviert hat und mindestens drei Jahre gearbeitet hat (Arbeit und Ausbildung mindestens sechs Jahre), der erhält auch nach 30 Jahren noch BaföG. Wird BaföG nicht – wie im letzten Fall – »elternunabhängig« gezahlt, dann entscheidet sich alles nach den Einkommensgrenzen der Eltern.
Du erhältst auch BaföG, wenn du im Ausland studierst. Allerdings nur bis zu einem Jahr. Das BaföG-Amt zahlt die Reisekosten, die Krankenversicherung und eventuell anfallende Studiengebühren. Auslandszuschläge werden als Zuschüsse gewährt, die nicht zurückgezahlt werden müssen. Beim BaföG gibt es eine Förderungshöchtsdauer, die sich nach dem Studiensemester richtet.

**Beim BaföG gibt es eine Förderungs-höchtsdauer.**

### stipendien und stiftungen

Weit über hundert Organisationen stellen Förderungsgelder für Studierende zur Verfügung. Du kannst im Buch *Förderungsmöglichkeiten für Studierende* nachschlagen (K.H. Bock Verlag, Bad Honnef 1997) oder in dem Buch von Andreas Neuner: *Das Euro-Handbuch: Studium und Stipendien* (mvg-Verlag, Landsberg 1996).

## versicherungen beim studium

**Du kannst dich nur einschreiben, wenn du krankenversichert bist.**

### Krankenkasse

Die meisten Studienanfänger sind noch über die Familie pflichtversichert. Es fallen also keine Beiträge an, denn die Eltern zahlen für dich. Mit Vollendung des 25. Lebensjahres endet die Familienversicherung (Ausnahme: Versicherung über den Ehepartner). In Ausnahmefällen verlängert sich die Familienversicherung – z.B. werden Wehr- und Zivildienst angerechnet.

Bist du bei deiner Familie mitversichert, dann bist du auch in der sozialen Pflegeversicherung. Andererseits werden Beiträge fällig. Für den Fall, dass du nicht mehr bei deinen Eltern mitversichert bist, solltest du dich bei der Studienberatung nach der »Studentischen Krankenversicherung« erkundigen, sie ist günstig.

### Unfallversicherung

Studierende sind beitragsfrei gesetzlich unfallversichert.

### Arbeitslosenversicherung

Es fallen während des Studiums keine Beiträge an.

### Rentenversicherung

Das abgeschlossene Studium wird als Anrechnungszeit bis zu drei Jahre beitragsfrei zur Rentenberechnung herangezogen. Immatrikulations- und Rückmeldebescheinigungen aufbewahren!

## was du über das »soziale netz« wissen solltest

Im vorangegangenen Beitrag über das Studium wurde bereits das Thema Krankenkasse angesprochen. Generell gilt: Mit dem Ausscheiden aus der Schule und dem Beginn der Ausbildung oder des Studiums beginnt das »Soziale Netz« auch für dich zu arbeiten. Fünf Säulen kennt die soziale Absicherung, die bereits erwähnt wurden:

### rentenversicherung

Wenn du arbeitest, zahlst du auch in die Rentenkasse ein. Auch wenn du Auszubildender bist. Das regelt der so genannte »Generationenvertrag«. So entsteht mit den Jahren dein Rentenanspruch. Auch wenn das für dich noch kein besonders wichtiges Thema ist, wird dir der Rentenbeitrag vom Gehalt abgezogen, sobald du arbeitest. Die Rentenversicherung wird je zur Hälfte von dir und dem Arbeitgeber getragen.

### unfallversicherung

Sobald du arbeitest oder dich in Ausbildung befindest, bist du über deinen Arbeitgeber unfallversichert. Diese für dich beitragsfreie Versicherung deckt Kosten aus Arbeitsunfällen oder Berufskrankheiten ab. Auch Kinder im Kindergarten, Schüler und Studenten sind unfallversichert. Informationen über Leistungen aus der Unfallversicherung erhältst du von den Berufsgenossenschaften.

## krankenversicherung

Solange du nicht volljährig bist, läuft die Krankenversicherung über deine Eltern. Bis zu deinem 23. Lebensjahr kannst du bei deinen Eltern krankenversichert (mitversichert) sein, sofern du keinen Arbeits- oder Ausbildungsplatz gefunden hast. Das gilt also in der Regel für Schüler und Studenten. Diese Altersgrenze verlängert sich bis zum 25. Lebensjahr, wenn eine Schul- oder Berufsausbildung oder auch ein so genanntes »Freiwilliges Jahr« absolviert wird. Wehr- und Zivildienst sorgen für eine weitere Alterserhöhung und Mitversicherung bei den Eltern.

**Wenn du eine Ausbildung beginnst, bist du auch selbst versichert.**

In dem Moment, wo du eine Ausbildung beginnst, bist du auch selbst versichert. In der Regel wirst du von deinem neuen Arbeitgeber nach der Mitgliedschaft gefragt. Du kannst dann die Krankenkasse deiner Eltern nennen und der Arbeitgeber meldet dich dort selbstversichert an. Du kannst dir die Krankenkasse aber auch frei wählen. Solltest du dann nach der Ausbildung wieder auf die Schulbank wechseln, gelten die Altersgrenzen wie oben beschrieben. Jede Krankenkasse informiert dich. In jeder Kreisstadt gibt es beispielsweise eine Zentrale der AOK.

## arbeitslosenversicherung

Wenn du in den letzten drei Jahren mindestens ein Jahr lang beitragspflichtig beschäftigt warst und dabei in die Arbeitslosenversicherung eingezahlt hast, bekommst du Arbeitslosengeld. Das ist zum Beispiel der Fall, wenn du eine dreijährige Ausbildung abgeschlossen hast. Jeder, der arbeitet oder sich in der Ausbildung befindet, zahlt automatisch über den Arbeitgeber in die Arbeitslosenversicherung ein. Um Arbeitslosengeld zu bekommen, musst du dich natürlich arbeitslos melden und für Vermittlungsgespräche bereit sein; fährst du weg, musst du dies dem Arbeitsamt melden. Achtung: Die Höhe des Arbeitslosengeldes beträgt zirka 60% des letzten Nettoeinkommens – ständige Gesetzesänderungen machen es nicht einfach, eine genaue Zahl zu nennen. Wirst du unmittelbar nach bestandener Ausbildung entlassen, bekommst du zirka 50% des Lohns, den ein Facharbeiter bekommen würde. Ist der Anspruch auf Arbeitslosengeld erschöpft, bekommst du Arbeitslosenhilfe, die wesentlich geringer ist. Voraussetzung ist allerdings, dass du vor der Arbeitslosigkeit mindestens 150 Tage beitragspflichtig beschäftigt warst.

**Das Arbeitslosengeld richtet sich nach dem letzten Nettoeinkommen.**

## pflegeversicherung

Die Pflegeversicherung wurde erst 1995 eingeführt. Sie regelt die stationäre Pflege. Je nach Grad der Pflege schüttet die Pflegeversicherung das Geld aus. Jeder, der krankenversichert ist, ist auch in die Pflegeversicherung miteinbezogen. Deshalb sind die Pflegekassen auch bei den Krankenkassen eingerichtet.

## sozialhilfe: ab wann und für wen?

In Schwierigkeiten kannst du ganz schnell kommen. Vera (18) hat zum Beispiel keine Eltern, die sich um sie kümmern. Jetzt ist sie mit der Schule fertig. Und wie geht's weiter, Vera?

*»Jetzt muss ich mir 'n Job suchen, weil ich einfach Geld brauch, um meine Miete zu bezahlen. Aber 'n Job zu finden ist nicht einfach. Dann muss ich ans Sozialamt. Weil: Was das für 'n beinhartes Ding ist, nach der Schule weiterzumachen, das stellt sich ja keiner vor. Und das Sozialamt sagt: Such dir doch 'n Job. Da heißt's nur: Miete zahlen, Kohle ranschaffen für Essen. Es hat mich noch nie jemand gefragt, ob mir eigentlich die 280 Mark, die mir abzüglich der Miete übrig bleiben, zum Leben reichen.«*

### ab wann bekommst du sozialhilfe?

Ab 16 Jahren kannst du diese Hilfe beantragen. Und Sozialhilfe erhältst du dann, wenn du deinen Lebensunterhalt weder aus eigenen Kräften, noch mit Hilfe Unterhaltsverpflichteter (Eltern) oder durch Leistungen anderer ausreichend finanzieren kannst. Sozialhilfe ist also vom Einkommen und Vermögen, der Hilfe deiner Angehörigen und deinem eigenen Einsatz abhängig. Sozialhilfe muss genau begründet werden.

Auch wenn du bereits 16 Jahre alt bist und Sozialhilfe beantragen kannst, ist es gut möglich, dass dich das Sozialamt weiter zum Jugendamt vermittelt, da du als noch nicht Volljähriger beschränkt geschäftsfähig bist und in Detailfragen noch dem Sorgerecht der Eltern unterstehst. Das hängt allerdings ganz allein von deinem persönlichen Antrag ab. Die Sozialhilfe unterscheidet dabei:

**Sozialhilfe muss genau begründet werden.**

- die Hilfe zum Lebensunterhalt und
- die Hilfe für besondere Lebenslagen.

Zum Lebensunterhalt zählt das, was du zum täglichen Leben benötigst: zum Beispiel Geld für Lebensmittel und Geld für die Miete.
Die Hilfe in besonderen Lebenslagen kannst du dann In Anspruch nehmen, wenn du krank, behindert oder schwanger bist. Du hast einen Rechtsanspruch auf diese Hilfe, wenn diese Sachverhalte auf dich zutreffen.
Du bekommst erst ab dem Tag der Antragstellung Sozialhilfe. Rückwirkend erhältst du keine Sozialhilfe. Auch dann nicht, wenn du dich etwa bei Freunden oder Bekannten verschuldet hast.
Die Sozialhilfe errechnet sich aus dem monatlichen Regelsatz, der deinen Lebensunterhalt betrifft und den Wohnungskosten (Kaltmiete einschließlich der Nebenkosten). Die Kaltmiete muss angemessen sein – darüber entscheidet das Sozialamt. Eine Luxuswohnung finanziert natürlich kein Sozialamt. Du hast auch Anspruch auf einen »Mehrbedarf«. Dazu zählen Schwerbehinderte oder werdende Mütter nach der 12. Schwangerschaftswoche.

**Das Sozialamt recherchiert gründlich.**

Das Sozialamt recherchiert gründlich. Dem monatlichen Sozialhilfebedarf werden deine Einkünfte in Geld oder Geldwert (das sind Sachbezüge, was heute eher selten ist) gegenübergestellt. Unter Umständen fragt das Sozialamt auch nach deinem Vermögen (Schmuck etc.): Sparguthaben bis 2 500 Mark darfst du haben, eine Lebensversicherung, wenn sie der Alterssicherung dient, Bücher, Fernseher, Radio, Musikinstrumente. Erst wenn deine Einkünfte geringer sind als der für dich vom Sozialamt ermittelnde Bedarf, erhältst du Sozialhilfe.

Du kannst beim Sozialamt auch »einmalige Leistungen« beantragen. Allerdings musst du sie genehmigen lassen: Rechnung vorlegen nützt nichts, wenn das Sozialamt dir die »einmaligen Leistungen« nicht vor dem Kauf genehmigt hat. »Einmalige Leistungen« sind zum Beispiel Bekleidungshilfen, Reparaturkosten notwendiger Haushaltsgeräte, Babyausstattung, Weihnachtsbeihilfe oder Renovierungskosten für die Wohnung.

Sozialhilfe muss nicht zurückgezahlt werden. Allerdings gibt es hier Ausnahmen, die von den Sozialämtern folgendermaßen definiert werden:

Rückzahlung erfolgt, wenn ...

❶ deine Hilfe als Darlehen gewährt wurde, z.B. wenn du Sozialhilfe weniger als sechs Monate benötigst. Dann musst du zurückzahlen. Das sagt man dir allerdings schon bei der Antragstellung.

❷ du falsche Angaben gemacht hast.

❸ du Nachzahlungen bekommst (z.B. Arbeitslosengeld).

## gewissensentscheidung: wehr- oder zivildienst

**Bundeswehr oder Verweigern?**

Mit der Volljährigkeit haben junge Männer eine Gewissensentscheidung zu treffen: Bundeswehr oder Verweigern? Das Grundgesetz lässt die Möglichkeit zum Verweigern im Artikel 4 zu. Darin heißt es: *»Niemand darf gegen sein Gewissen zum Kriegsdienst mit der Waffe gezwungen werden«.*
Grundsätzlich muss jeder junge Mann zur Musterung. Egal ob du zur Bundeswehr gehst oder dich für den Zivildienst entscheidest. Beim Kreiswehrersatzamt wirst du auf deine Tauglichkeit überprüft. Das ist eine harmlose Gesundheitsuntersuchung. Aberwitzige Legenden ranken sich um diese Untersuchung. Sei ganz sicher: Du wirst sie völlig unbeschadet und schmerzfrei überstehen. Bist du »tauglich«, kommt die Einberufung zum Wehr- oder Zivildienst.

### wie läuft das mit dem verweigern?

Das Bundesamt für Zivildienst schickt dir dazu jederzeit Unterlagen:

Bundesamt für Zivildienst
50964 Köln
Tel.: 0221-3673-475 oder 0221-3673-520
Internet: www.zivildienst.org
E-mail: zivimagazin@t-online.de

Da es kein Wahlrecht zwischen dem Wehr- oder dem Zivildienst gibt, musst du einen Antrag auf Kriegsdienst-

**Du musst deinen Antrag begründen können.**

verweigerung stellen, der in einem gesonderten Verfahren überprüft wird. Den Antrag stellst du schriftlich beim zuständigen Kreiswehrersatzamt. Hier wird dein Antrag an das Bundesamt für Zivildienst weitergeleitet. Wenn du einen solchen Antrag stellst, musst du ihn begründen. Und zwar musst du deine Verweigerung mit dem »Grundrecht auf Kriegsdienstverweigerung aus Gewissensgründen« erklären. Wie deine Gewissensentscheidung zustande gekommen ist, musst du ebenfalls erklären. Deiner Begründung ist ein Lebenslauf und ein polizeiliches Führungszeugnis beizulegen, das nicht älter als drei Monate sein darf. Das Führungszeugnis beantragst du bei der Stadt- oder Gemeindeverwaltung. Dort musst du anrufen und den zuständigen Bearbeiter für Führungszeugnisse verlangen. Meist ist das Einwohnermeldeamt dafür zuständig. Hier erhältst du Auskunft. Bist du dir wegen der schriftlichen Begründung deines Antrags unsicher, dann ruf sicherheitshalber das Bundesamt für Zivildienst in Köln an (Telefonnummer wie oben). Der Zivildienst dauert drei Monate länger als der Wehrdienst.

## beim bund

Für Fragen der Einberufung, der Dienstzeit und Verpflichtung als Zeitsoldat ist das Kreiswehrersatzamt zuständig, das an dich wegen der Einberufung herangetreten ist. Du erhältst hier eine Bearbeitungs- oder Kennnummer, die dich, solange du mit der Bundeswehr zu tun hast, nicht mehr verlässt.

Das Kreiswehrersatzamt hast du schon bei der Musterung kennen gelernt. Uniformierte Leute sind dir also bereits vertraut – und der erste Tag beim Bund dürfte deshalb nicht gleich ganz so fremd sein, wie du ihn dir vorstellen magst. Mit dem Einberufungsbescheid geht es ab in die Kaserne, dein neues Zuhause. Und das ist allemal ein Umdenken. Besonders das Frühaufstehen und die strengen Dienstpläne. Wie im »normalen« Leben auch, hast du selbstverständlich auch beim Bund das »Recht auf körperliche Unversehrtheit«. In der Regel wirst du gleich zu Beginn deiner Grundausbildung darüber aufgeklärt, an wen du dich wenden musst, wenn du Probleme bekommst, oder dich ungerecht behandelt fühlst. Im ersten Kompanie-Unterricht erfährst du alles über eine Beschwerde und deine Rechte. Mit deinem Kollegen vom Zivildienst hast du auch gemeinsame Rechte.

### rechte für wehr- und zivildienstleistende

- Nach der Grundausbildung steht euch in der freien Zeit das Recht auf Aus- und Fortbildungsmaßnahmen zu.
- Es steht euch eine Arbeitsplatzgarantie zu, wenn ihr vor eurem Dienst gearbeitet habt oder euch in Ausbildung befunden habt. Ausnahmen hierbei sind: Ihr seid ledig und habt in einem Betrieb mit weniger als sechs Beschäftigten gearbeitet, oder euer Arbeitsverhältnis war befristet. Sollte für euch aber die Arbeitsplatzgarantie zutreffen, dann auf keinen Fall wegen des Wehr- oder Zivildienstes kündigen! Und auf keinen Fall eine Kündigung des Arbeitgebers hinnehmen!

- Um eure Krankenversicherung kümmert sich das Kreiswehrersatzamt oder die Zivildienststelle. Überhaupt kümmert man sich um euer »Soziales Netz«. So seid ihr auch automatisch rentenversichert. Nach Dienstende erhaltet ihr eine Bescheinigung über die Zeiten der Beitragsleistung.
- Während eures Wehr- oder Zivildienstes stehen euch Urlaub, geregelte Arbeitszeiten (beim Bund der Dienstplan) und natürlich ein Sold zu.
- Habt ihr eine eigene Wohnung, erhaltet ihr Unterhaltssicherung. Über die Unterhaltssicherung im Allgemeinen klärt euch das Kreiswehrersatzamt oder das Bundesamt für Zivildienst automatisch auf. Aber trotzdem dran denken.

# freizeit

Was ist das? »Freizeit«. Ganz sicher etwas, das mit FREIHEIT zu tun hat. Etwas zu unternehmen, wozu man Lust hat ...

Solange du noch nicht volljährig bist, gibt es in deiner Freizeit eine Menge Beschränkungen für dich. Darum geht es in diesem Kapitel. Finde heraus, was du unter 18 Jahren unternehmen darfst – und was nicht. In diesem Kapitel erfährst du, wie lange du beispielsweise von zu Hause fortbleiben darfst – und inwieweit dir deine Eltern etwas verbieten dürfen. Eines ist auch klar: Du hast eine ganze Menge Rechte ...

Von Anna Buchwald (19)

*»Freizeit. Das heißt: Eine Zeit, in der ich frei bin, das zu tun, was ich will. Manchmal nicht so leicht herauszufinden, bei dem Angebot, das es hier und heute gibt. Früher wusste man gar nicht, was Freizeit war. Heute ist das ein wichtiger Bestandteil im Leben. Nicht umsonst wird unsere Gesellschaft auch als Freizeitgesellschaft bezeichnet. Inzwischen bin ich volljährig – also alles gar kein Problem mehr, aber vorher ... uh! Erstens: Natürlich die Türsteher, denen man gerade in einer Großstadt in den Arsch treten könnte. Dann die Eltern. Und dann natürlich das Gesetz. Drei Sachen,*

*die einen hindern, in der Freizeit frei zu sein. Zumindest mit meinen Eltern konnte ich mich gut einigen, vor allem ab dann, als ich mit der Vespa fahren konnte und sich meine Mutter nicht mehr so viele Sorgen machte. Aber dass mich mal um zwei Uhr morgens ein Türsteher oder Sicherheitsmensch mitten im Kunstpark aufgefordert hat, die Straße zu verlassen, weil ich noch nicht 18 war, fand ich doch die Höhe. Oder so wie gestern erst, als ich mit ein paar Freunden auf ein* les babacools*-Konzert wollte. Ich wurde mal wieder nach meinem Ausweis gefragt. Und eine Freundin, die noch nicht 18 ist, wurde ebenfalls gefragt. Zum Glück hat sie ihre Monatsfahrkarte dabei gehabt, aus der hervorgeht, dass sie angeblich 18 ist. Klar: Die Kontrolle ist nur zum Schutz der Jugendlichen. Aber manchmal wünschen wir uns, dass wir selbst bestimmen können, wovor wir geschützt werden wollen ... Da fällt mir ein: Hat man mit 16 ein Recht darauf, allein in den Urlaub zu fahren?«*

## allein oder mit den eltern? was dürfen eltern und was nicht?

Um Anna gleich mal eine Antwort zu geben: Bis jemand volljährig ist, dürfen Eltern überall mitreden. Sie haben eine Aufsichtspflicht. Und wenn sie sagen, du fährst nicht allein in Urlaub, dann ist das so – allerdings ...

**Bis jemand volljährig ist, dürfen Eltern überall mitreden.**

Du hast eine Chance, deinen Eltern klarzumachen, dass du auch so etwas wie das Recht auf ein eigenes Leben hast. Im Paragraph 1 des Kinder- und Jugendhilfegesetzes heißt es:

*»Jeder junge Mensch hat ein Recht auf Förderung seiner Entwicklung und auf Erziehung zu einer eigenverantwortlichen und gemeinschaftsfähigen Persönlichkoit.«*

Dieser Paragraph drückt ein »allgemeines Programm« aus, wie sich der Staat die Erziehung vorstellt. Anders gesagt: So stellt sich der Staat vor, wie deine Eltern dich erziehen sollten.

»Eigenverantwortlich« und »gemeinschaftsfähig« wird niemand, der nach der Schule bis vier Uhr nachmittags Hausaufgaben machen muss und im weiteren Verlauf des Tages allein den Eltern zu gehorchen hat, also deren »Dienstplan« ausfüllen muss. Kommst du dir hier ungerecht behandelt vor, dann verweise auf den Paragraph 1 des Kinder- und Jugendhilfegesetzes – oder informiere dich auch in solchen Fällen beim Jugendamt.

Wichtig sind in diesem Zusammenhang aber vor allem die Paragraphen 1666 BGB (Bürgerliches Gesetzbuch) und 1626 BGB für dich. Hier hast du eine zivilrechtliche Grundlage gegenüber deinen Eltern. Demnach müssen sich deine Eltern um »das Kinderwohl« kümmern und

zu deinem »körperlichen, geistigen und seelischen Wohl« beitragen. – Auf dein Wohl! Aber mal im Klartext: Die »Personensorge«, die Eltern dir gegenüber haben, soll so ausgeübt werden, dass sie deinem Wohl dient. So stehts in Paragraph 1626 Absatz 2 BGB. Die Ausübung der »Personensorge« darf nicht gegen dich missbraucht oder gegen dich gerichtet werden.
Deine Eltern müssen für dein »wachsendes Bedürfnis und die Fähigkeit zum selbständigen Handeln« Sorge tragen. Dass du Selbständigkeit nicht zu Hause allein lernst, wissen die Gesetzgeber. Und das sollten deine Eltern auch wissen ...

## was, wenn deine eltern dir den umgang mit freunden, freund oder freundin verbieten?

**Eltern dürfen nicht willkürlich verfahren.**

Deine Eltern haben, solange du noch nicht volljährig bist, die Möglichkeit, dir den Umgang mit Freunden zu verbieten, wenn von »deinen Leuten« eine Gefahr für dich ausgehen könnte. Der Paragraph 1631 BGB stellt den Inhalt der Personensorge, die deine Eltern haben, klar – der Paragraph 1632 Absatz 2 BGB das Unterbinden des Kontaktes mit Menschen. Allerdings gilt auch hier, dass Eltern dabei nicht willkürlich verfahren dürfen. Sie dürfen nicht einfach jeden Kontakt unterbinden, der ihnen nicht passt. Dann missbrauchen sie ihr Sorgerecht. Sie müssen dir gegenüber begründen, warum sie den Kontakt, den sie verbieten wollen, für dich gefährlich finden. Ein Beispiel dafür, wann sie das dürfen, ist Folgendes: Sind Freunde von dir in der Drogenszene und deine Eltern sind der Meinung, der Umgang schadet dir, dann ist das ein Grund, dir den Umgang mit diesen Leuten zu verbieten (Paragraph 1632 Absatz 2 BGB). Sie können dich dann selbst oder von der Polizei abholen lassen (Paragraph 1632 BGB). Im Fall der Drogenszene ist das klar. In anderen Fällen ist die Sachlage unter Umständen nicht ganz so eindeutig. Zum Beispiel dann, wenn es um Liebesverhältnisse geht, die dir deine Eltern verbieten wollen.

**Wichtig für dich bleibt: Deine Eltern dürfen ihr Sorgerecht dir gegenüber nicht missbrauchen, sie müssen dir ein zunehmend selbständiges Leben ermöglichen und dazu gehören deine Freunde, die Liebe, die Partys. Dabei tragen deine Eltern aber auch die Verantwortung, Gefahren von dir fern zu halten.**

**Deine Eltern sollten Gefahren von dir fern halten.**

Du durchlebst also tausend Qualen, bis du 18 bist. Eine dieser Qualen kennst du. Das ist so ziemlich die schlimmste Qual, die du erleiden kannst: Es ist Freitagabend und du weißt, dass dich deine Eltern von deinem Lieblingsclub abholen werden. Geht es noch schlimmer? Pünktlich um zehn fährt dein Vater mit dem Auto vor. Klar, du siehst ihn sofort. Du machst alles, damit er dich nicht sieht, du machst alles, damit niemand merkt, dass das da drüben dein Vater ist. Eben hast du noch vor allen geraucht und gelacht. Jetzt hast du die Zigarette weggeschnippt und schaust total finster in die Nacht. Du würdigst deinen Vater keinen Blickes, du verleugnest deinen Vater, du hoffst, dass er nicht aussteigt und zu dir rüberkommt ...

## das experteninterview zum thema freizeit

Klaus Joelsen ist Jugendschutzbeauftragter am Jugendamt München.

Wie lange dürfen Jugendliche unter 18 Jahren von zu Hause fortbleiben?

*Hier gibt es keine Regelung. Aber die Eltern haben das Sorgerecht für ihre Kinder bis zum 18. Lebensjahr und können natürlich bestimmen, wann ihre Kinder zu Hause sein müssen.*

Und wie ist das, ohne Eltern in Urlaub zu fahren?

**Eltern dürfen den »Urlaub allein« verbieten.**

*Auch hier gilt das Sorgerecht der Eltern. Wenn sich die Eltern bei Minderjährigen querstellen, läuft nichts. Ich sage immer den Eltern, die ihre Kinder allein oder mit Freunden in Urlaub fahren lassen, sie sollen ihnen eine Kopie ihres Ausweises, die Telefonnummer von zu Hause und ein Schreiben mitgeben, aus dem hervorgeht, dass die Kinder allein verreisen dürfen. Das Schreiben sollte auch sehr konkret verfasst sein. Zum Beispiel sollte drinstehen, wohin die Reise geht.*

Das heißt, die Eltern können bis zum 18. Geburtstag über alles entscheiden?

*So ziemlich über alles. Das kommt eben daher, dass die Eltern die Aufsichtspflicht und das Personensorgerecht für ihre Kinder haben.*

**Eltern haben die Aufsichtspflicht.**

Wie ist das mit dem Rauchen in der Öffentlichkeit?

*Ab 16 Jahren ist das Rauchen in der Öffentlichkeit gestattet. Unter 16 ist es verboten.*

Wie ist das bei Tattoos und Piercings?

*Die Eltern können das streng genommen verbieten. Denn es handelt sich gerade beim Piercing um einen Eingriff in die körperliche Unversehrtheit. Jeder Tattoo- oder Piercingladen wäre gut beraten, bei Minderjährigen das Einverständnis der Eltern einzuholen. Passiert nämlich etwas, treten also gesundheitliche Schäden auf und es liegt keine Erlaubnis der Eltern vor, dann haftet derjenige, der die Tattoos oder das Piercen vorgenommen hat. Hat der Jugendliche keine Eltern oder ist seinen Eltern das Sorgerecht entzogen, muss der Vormund das Einverständnis erteilen.*

Wein und Bier zu trinken ist ab 16 Jahren erlaubt. Cocktails auch?

*Nein, Branntwein und branntweinhaltige Getränke sind bis 18 Jahre verboten. Und dazu zählen Cocktails. Übrigens auch die Mode-*

*drinks, in denen zum Beispiel Wodka oder Whiskey ist.*

Das sind eine Menge Verbote. Was darf man eigentlich unter 18 Jahren in seiner Freizeit?

*Eine ganze Menge: Ab 16 Jahren darf sich jeder bis 24.00 Uhr in Gaststätten aufhalten. Diskothekenbesuche sind ab 16 Jahren ebenfalls bis 24.00 Uhr erlaubt. Das Gleiche gilt für Kinoveranstaltungen, wenn die Filme ab 16 Jahren freigegeben sind.*

Du beschäftigst dich damit, dass das Jugendschutzgesetz eingehalten wird. Du kannst auch Veranstaltungen für Jugendliche verbieten. Wann?

*Das geht auch aus dem Paragraphen zehn des Jugendschutzgesetzes hervor. Da geht es um das Jugendverbot im Einzelfall. Zum Beispiel bei Konzerten, von denen eine Jugendgefährdung ausgeht.*

## alles übers fortgehen

Das Jugendschutzgesetz (Paragraphen 1 – 10) regelt die meisten Belange, die für dich in der Freizeit wichtig sind. Überzeuge dich selbst.

### »jugendgefährdende orte«

Hierzu zählen etwa Straßen und Plätze mit Bordellbetrieb oder Treffpunkte von Drogenhändlern. An diesen Orten ist ein Aufenthalt unter 18 Jahren weder allein noch in Begleitung der Eltern erlaubt. Also: Totalverbot.

### gaststättenbesuch

In Begleitung von Erziehungsberechtigten kannst du jederzeit in Gaststätten gehen. Ohne Erziehungsberechtigte geht das erst ab 16 Jahren und dann nur bis 24.00 Uhr. Bist du unter 16 Jahren, gibt es allerdings Ausnahmen. Und zwar:

- wenn du auf einer Reise bist;
- wenn du zur Einnahme einer Mahlzeit oder eines Getränkes die Gaststätte aufsuchst;
- wenn du Teilnehmer einer Veranstaltung eines Jugendhilfeträgers bist.

### nachtbars, nachtclubs

Unter 18 Jahren ist es nicht erlaubt, dorthin zu gehen.

### branntwein, cocktails, alkoholische drinks

Unter 18 Jahren ist der Konsum dieser Getränke nicht erlaubt. Auch nicht im Beisein von Erziehungsberechtigten.

## wein und bier

Zwischen 14 und 16 Jahren ist der Genuss von Bier oder Wein nur in Begleitung eines »Personensorgeberechtigten« (dies sind in der Regel die Eltern) gestattet, sonst nicht. Ab 16 Jahren gibt es keine gesetzliche Regelung: also erlaubt.

## disko

In Begleitung eines Erziehungsberechtigten ist jeder Diskobesuch gestattet. Egal ob du unter 14 bist oder über 14. Aber wer nimmt schon freiwillig seine Eltern in die Disko mit? Ohne Erziehungsberechtigte kannst du erst ab 16 allein in die Disko oder den Musikclub. Und dann bis 24.00 Uhr. Handelt es sich bei der Musik- und Tanzveranstaltung um die Veranstaltung eines »anerkannten Trägers der Jugendhilfe«, dann kannst du, wenn du unter 14 Jahren bist, bis 22.00 Uhr bleiben und wenn du unter 16 Jahren bist, bis 24.00 Uhr.

## öffentliche spielhallen

Unter 18 Jahren ist ein Besuch weder mit noch ohne Erziehungsberechtigten gestattet. Also: Totalverbot.

## gewinnspiele

Unter 18 Jahren mit oder ohne Erziehungsberechtigten nicht gestattet. Ausnahme: Auf Volksfesten, wenn der Gewinn in Waren von geringem Sachwert besteht.

## spielautomaten

Ist das Spiel mit Geldgewinnen verbunden, dann gilt das Gleiche wie bei Gewinnspielen. Also verboten (mit der Ausnahme bei Volksfesten, wie beschrieben). Ab 16 ist die Benutzung von Spielautomaten erlaubt, wenn es sich hierbei um keine Gewinnspiele handelt. In Begleitung von Erziehungsberechtigten ist das Spielen an Automaten grundsätzlich erlaubt.

## rauchen in der öffentlichkeit

Grundsätzlich unter 16 Jahren nicht gestattet. Ab 16 Jahren gibt es keine gesetzliche Regelung – also gestattet.

## kino

Grundsätzlich gilt für den Besuch eines Kinofilms die Altersfreigabe: »Ab 14 Jahren«, »Ab 16 Jahren«, »Ab 18 Jahren« ... Unter 14 darfst du bis 20.00 Uhr allein ins Kino, zwischen 14 und 16 Jahren bis 22.00 Uhr, zwischen 16 und 18 Jahren bis 24.00 Uhr. Vorausgesetzt, die Filme sind entsprechend deines Alters auch freigegeben.

## videokassetten und videoshops

Bei den Videokassetten richtet sich alles, wie bei Kinofilmen auch, nach der Altersfreigabe. Videoshops aufzusuchen ist unter 18 Jahren verboten, wenn dort »jugendgefährdende Filme« angeboten werden. Und das ist eigentlich immer der Fall. Denn zu den »jugendgefährdenden Filmen« zählen natürlich für den Gesetzgeber die pornografischen Videos.

### taschengeld

**Einen rechtlichen Anspruch auf Taschengeld hast du nicht.**

Einen rechtlichen Anspruch auf Taschengeld hast du nicht. Allerdings ergibt sich aus dem Paragraphen 1626 Absatz 2 BGB die Notwendigkeit, dass du etwas eigenes Geld in der Tasche haben solltest. Denn deine Eltern müssen dir die »wachsende Fähigkeit und das wachsende Bedürfnis ... zu selbständigem, verantwortungsbewusstem Handeln« ermöglichen. Durchschnittswerte beim Taschengeld liegen, vor allem in den Städten, ungefähr in folgender Höhe (Stand 1999):

- 10 – 11 Jahre: 25 – 30 Mark monatlich
- 12 – 13 Jahre: 35 – 40 Mark monatlich
- 14 – 15 Jahre: 45 – 50 Mark monatlich
- 16 – 17 Jahre: 70 – 90 Mark monatlich
- ab 18 Jahre: ab 100 Mark monatlich

## drogenkonsum

Die Weltgesundheitsbehörde hat eine Definition für Drogenabhängigkeit veröffentlicht. Demnach sind drei Faktoren ausschlaggebend, die eine Sucht vermuten lassen:

- der regelmäßige Konsum eines Rauschmittels,
- die damit zusammenhängende Einschränkung des Alltagsgeschehens (dazu zählen etwa Konzentrationsstörungen oder Unlustgefühle),
- die zunehmende Vereinzelung.

Nun hat sich die Drogenszene in den letzten Jahren stark verändert. Und deshalb sind auch die Definitionen ins Wanken gekommen. Denn Ecstasy ist eine neue Droge, die beispielsweise weder das Alltagsgeschehen einschränkt, noch zu Vereinzelung führt – ganz im Gegenteil! Ecstasy ist eine »Partydroge«. Wegen der Zunahme von »Designer- und Partydrogen« ist das Bundesministerium für Gesundheit ermächtigt, diese Drogen kurzfristig und ohne Einschaltung des Bundesrates zu verbieten, indem sie sie dem Betäubungsmittelgesetz unterstellt.
Also: Klassische Abhängigkeitsdefinitionen helfen nicht so sehr weiter, weil sich die Drogenszene immer wieder ändert. Aber es gibt klare Richtlinien, was an Drogenkonsum verboten und erlaubt ist.

## legale und illegale drogen

Es gibt legale und illegale Drogen. Die legalen sind erlaubt. Dazu gehören Nikotin, Alkohol oder Medikamente. Das Jugendschutzgesetz legt fest, was du in der Öffentlichkeit darfst – einiges war in diesem Kapitel bereits Thema:

- Du darfst ab 16 Jahren in der Öffentlichkeit rauchen.
- Und du darfst ab 16 Jahren Bier und Wein in der Öf-

fentlichkeit trinken, mit Erziehungsberechtigten bereits ab 14 Jahren.

- Cocktails sind erst ab 18 Jahren erlaubt.
- Medikamentenkonsum, der süchtig machen kann, ist nur nach ärztlicher Verschreibung erlaubt: dazu zählen auch Schmerzmittel.

**Illegale Drogen sind verboten.**

Wie du siehst, sind die meisten Drogen »illegale Drogen«, die grundsätzlich und ohne Ausnahme verboten sind. Dazu zählen die Cannabis-Drogen wie Haschisch oder Marihuana; die »Partydrogen« wie Speed, Ecstasy, DOM, Kokain oder LSD; oder die Opiate wie Heroin, Methadon, Codein oder Morphium. Amphetamine und Amphetamin-Derivate sind verboten. Chemische Verbindungen wie Crack sind ebenso illegal und daher verboten. Was heißt das – verboten? Egal in welcher Situation man dich mit illegalen Drogen erwischt, ob du damit dealst, beim Konsum ertappt wirst oder ob du das Zeug für jemanden als Freundschaftsdienst aufbewahrst – du machst dich strafbar. Auch die hübschen Hanfpflanzen auf der Fensterbank, die so schöne hellgrüne und gezackte Blätter haben, sind verboten.

## medikamente, heilkräuter, leichte schmerzmittel

Kein Apotheker darf dir ohne Rezept apothekenpflichtige Medikamente verkaufen, wenn du noch nicht volljährig bist. Beispiel: Du gehst in die Apotheke, weil du Kopfschmerzen hast und bittest um ein Schmerzmittel. Bist du noch nicht volljährig und hast kein Rezept dabei, darf dir der Apotheker das Medikament nicht verkaufen. Es sei denn, es handelt sich um Waren, die du beispielsweise auch in Drogeriemärkten erwerben kannst: Heilkräuter-Extrakte oder Johanniskraut-Verbindungen. Verboten ist, dass du Medikamente, die dir der Arzt verschrieben hat, weiterverkaufst oder weiterreichst, damit dein Freund oder deine Freundin sie nehmen. Das verbietet das Betäubungsmittelgesetz und die Betäubungsmittel-Vergabeverordnung (BTM-VV).

## entzug, therapie und schweigepflicht

**Du hast ein »Recht auf Entzug«.**

Was, wenn du süchtig bist? Egal ob du minderjährig oder volljährig bist, du hast ein »Recht auf Entzug«. Denn Sucht gilt als Krankheit. Jeder Entzug sollte so schmerzlos wie möglich verlaufen. Um dies zu garantieren, kommt es ganz darauf an, mit welchen Drogen du zu tun hast – danach richtet sich das Entzugsverfahren. Beim so genannten »kalten Entzug« wird sofort entzogen. Beim »warmen Entzug« wird die Abhängigkeit von der Droge langfristig reduziert. Was für dich besser geeignet ist, sagt dir auch jederzeit eine staatlich anerkannte Drogenberatung, die es in jeder größeren Stadt gibt und deren Adresse du über die Telefonauskunft erfragen kannst.

Weil Sucht als Krankheit definiert ist, zahlt den Entzug die Krankenkasse. Du hast ein Recht auf Entzugsmaßnahmen – du hast aber auch die Pflicht, daran ernsthaft mitzuarbeiten. Denn ohne deinen Willen und den Entschluss, wirklich von der Droge fortzukommen, läuft gar nichts.

Geht es um einen Drogentherapieplatz für dich, dann stellen die staatlich anerkannten Drogenberatungsstellen für dich einen Antrag. Wie beim Entzug auch, unterliegt hier alles der Schweigepflicht. Bist du allerdings bei den Eltern mitversichert und die Krankenkasse soll die Therapie mitfinanzieren, dann musst du den antragsstellenden Stellen eine Entbindung aus der Schweigepflicht hinsichtlich der »Kostenbindung« ermöglichen. Das heißt: Über die Art deiner Abhängigkeit oder deinen persönlichen Aufenthalt erfahren deine Eltern nichts. Sie erfahren allerdings, dass eine Therapie für dich beantragt wird. Bist du selbstversichert, erfährt niemand etwas darüber.

## das erste mofa, moped, auto

**Ein »motorbetriebenes Fahrzeug« muss versichert sein.**

Zunächst: Ohne Versicherungen läuft nichts, ein »motorbetriebenes Fahrzeug« muss versichert sein, wenn du damit am Straßenverkehr teilnimmst. Bei Versicherungen ist es wirklich ratsam zu vergleichen. Die Tarife für Neueinsteiger sind oft sehr unterschiedlich.

**Ab 15 Jahren** hast du das Recht, ein Mofa mit maximal 50 Kubikmetern und maximal 25 km/h zu fahren – notwendig ist aber die Mofa-Prüfbescheinigung.
**Ab 16 Jahren** darfst du ein Moped/Mokick mit maximal 50 Kubikmetern und maximal 50 km/h zu fahren, notwendig ist allerdings der Führerschein der Klasse 4. Ab diesem Alter kannst du auch erstmals ein Leichtkraftrad mit maximal 125 Kubikmetern und 11 kW fahren. Ein Höchstgeschwindigkeitslimit von 80 km/h gilt bis zur Volljährigkeit. Notwendig ist ein Führerschein der Klasse 1b.

**Ab 18 Jahren** hast du das Recht auf einen PKW-Führerschein der Klasse 3 und den Motorrad-Führerschein der Klasse 1a.

Um Ärger zu vermeiden, sind die nächsten vier Punkte ganz interessant, die das Presse- und Informationsamt der Bundesregierung in einer Info-Broschüre zusammenfasst. Hier geht es auch darum, dass du unter Umständen bei einem Unfall den Sachschaden allein zu begleichen hast:

1. *Frisierte Zweiräder dürfen nicht betrieben werden; egal ob man selbst gebastelt oder ein entsprechend frisiertes Mofa oder Moped gekauft hat – man ist immer der Dumme. Das Fahrzeug wird stillgelegt, und bei einem Unfall zahlt noch nicht einmal die Versicherung.*
2. *Fahren ohne Fahrerlaubnis ist ebenso heikel, Führerscheinaspiranten können lange warten, bis sie den Führerschein machen dürfen. Beim Unfall holt sich die Versicherung des Opfers den Schaden beim Fahrer ohne Fahrerlaubnis zurück.*
3. *Ein Auto niemals ohne Fahrzeugbrief kaufen. Nur sein Besitz in Verbindung mit einem Kaufvertrag oder die entsprechende Eintragung weisen nach, dass man das Fahrzeug vom rechtmäßigen Eigentümer gekauft hat, bzw. selbst der Eigentümer ist.*
4. *Bei einem Unfall immer beachten: Erste Hilfe, Arzt oder Krankenwagen rufen, Polizei informieren, Position der Fahrzeuge nicht verändern; es sei denn, es handelt sich um geringfügige Sachschäden.*

**Wichtiger Hinweis:**

Bei einem Unfall solltest du Autokennzeichen, Namen und Adresse der Beteiligten und am besten ein Protokoll haben, das jeder, der am Unfall beteiligt ist, unterschreibt. Solltest du die Versicherung des Unfallbeteiligten nicht wissen, so kannst du dich über dessen Name und Autokennzeichen an den Zentralruf der Autoversicherer wenden, um die Versicherung herauszufinden. Hier die Telefonnummern in alphabetischer Reihenfolge. Such dir die Stadt aus, die deinem Wohnort am nächsten ist:

Aachen: 0241 – 19213

Berlin: 030 – 19213

Essen: 030 – 19213

Frankfurt: 069 – 19213

Hamburg: 040 – 19213

Hannover: 0511 – 19213

Köln: 0221 – 19213

München: 089 – 19213

Nürnberg: 0911 – 19213

Saarbrücken: 0681 – 19213

Stuttgart: 0711 – 19213

# ausziehen von zu hause

Die WG, die Wohnung, das Heim

## maxis zimmersuche

*Bis sie 14 war, lebte Maxi bei ihrer Mutter. Maxis Mutter war Alkoholikerin. Und weil Maxi wusste, was sie wollte, gab es immer öfter heftigen Streit: »Ich bin damals in ein Alter gekommen, wo ich mir nicht mehr alles sagen ließ«, sagt sie heute. Sie ist von zu Hause fort. Zu Freunden in eine Wohnung. Da fühlte sie sich wohler als bei der bertunkenen Mutter. Dle ersten Tage slnd elne große Frelhelt gewesen. Doch ihre Mutter stellt Vermisstenanzeige und lässt ihre Tochter von der Polizei suchen. Maxi hingegen will ihr Leben selbst in die Hand nehmen, geht auf die Schule wie immer – und zum ASD (Allgemeiner Sozialdienst): »Das würde ich keinem empfehlen.« Warum nicht? Der Sozialdienst versucht Maxi wieder in die Familie zu integrieren und rät ihr, sich mit der Mutter auszusöhnen. Die Folge vom Besuch beim Sozialdienst: Die Polizei steht vor der Tür von Maxis Freunden, bei denen sie Unterschlupf gefunden hat. Sie wird ins Revier mitgenommen, weil die Vermisstenanzeige der Mutter vorliegt. Doch die Polizei weiß nicht, was sie mit Maxi machen soll: »Ange-*

*arscht kam ich mir vor, einfach ab aufs Revier hieß es«, erinnert sich Maxi. Noch am gleichen Abend wird sie in ein Heim gebracht – für Maxi ist jetzt die Jugendschutzstelle verantwortlich. Das ahnte Maxi am Morgen nicht: Dass sie abends in einer Vierer-WG übernachtet, zusammen mit drei anderen Frauen. Beschmierte Wände. Absperrbare Schränke. Maxi fällt in ein tiefes Loch und bekommt hier erst so richtig mit, was passiert ist. Zum ersten Mal erfährt sie, wie mit Drogen gedealt wird. Zu den neuen Mitbewohnerinnen in ihrem WG-Zimmer hat sie aber einen guten Draht. Oft genug kommt es vor, dass hier Schlägereien darüber entscheiden, wer anerkannt wird und wer nicht. Das ist nicht nur bei den Jungen-Wohnheimen, das ist auch bei den Mädchen-Wohnheimen so. Aber Maxi hat Glück und bereut ihren Schritt nicht, von zu Hause weggegangen zu sein: »Bin dadurch stärker geworden!« Jugendschutzstellen bieten in der Regel keine angenehmen Unterkünfte, sie sind aber auch keine Gefängnisse: Sie sind dazu da, Jugendlichen erst einmal ein Dach über dem Kopf zu geben und zu analysieren, wie es weitergeht. Maxi bekommt sofort eine Beratung, lebt mit neuen Regeln. Sie soll in einem Jugendheim untergebracht werden. Als es Vorschläge für eine Heimunterbringung gibt, hat Maxi das Recht »Nein« zu sagen. Und davon macht sie* auch Gebrauch. Sie will sich ein Heim aussuchen, das ihr gefällt, in dem sie leben will. Doch das Jugendamt macht Druck. Drei Monate lang, von September bis Dezember, versucht Maxi wieder bei ihrer Mutter zu leben. Aber das geht schief und Maxi wird vom Jugendamt in eine Übergangs-WG geschickt. Doch weil Maxi erst 14 ist, muss sie nach dem Gesetz in ein betreutes Wohnheim. Sie zieht in eine Heilpädagogische Wohngruppe. Dort gibt es eine »Rundumbetreuung«, also eine 24-Stunden-Betreuung. Immer ist jemand für sie da. Zwei Mädchen teilen sich eine Betreuerin. Zwar gelten auch hier strenge Regeln, aber wie im Internat geht es hier nicht zu. Als Maxi 15 ist, bleibt sie schon mal bis drei Uhr morgens weg. Die Betreuerin hat Vertrauen zu ihr und umgekehrt. In einem Wohnheim gibt es eine richtige Hierarchie: Zuerst wohnt Maxi im kleinsten Zimmer mit einer Mitbewohnerin zusammen, am Ende hat sie ein eigenes großes Zimmer. Maxi zieht von der »Heilpädagogischen Wohngruppe« in eine betreute WG. Hier kann sie kommen und gehen, wann sie will. Das Zusammenleben mit verschiedenen Kulturen macht ihr Spaß. Sie lernt von ihren äthiopischen Freundinnen, wie man afrikanisch kocht – »und das schweißt zusammen«, sagt sie. Schlimm ist es, wenn geklaut wird: »Da haben wir zusammengehalten, damit das *nicht wieder vorkommt.« Sechs Monate lang wohnt Maxi hier, dann ist sie 17 Jahre alt. Sie steht vor der Abschlussprüfung zur Mittleren Reife und sucht eine eigene Wohnung: »Und dann begann die Rennerei.« Die Sachbearbeiter im Sozialamt kennen Maxi kaum: »Sie sagen zwar, sie kennen dich, aber sie kennen dich kaum.« Maxi wird, weil sie noch nicht volljährig ist, zum Jugendamt geschickt. Sie lernt sich mit den Behörden zu arrangieren.*

*Ihre Mutter entschließt sich unterdessen, nach Hamburg zu ziehen. Jetzt ist für Maxi das Jugendamt Hamburg-Eimsbüttel zuständig, 900 Kilometer entfernt. Denn die Zuständigkeit des Jugendamtes richtet sich immer nach dem Wohnort der Eltern, auch wenn Maxi nicht mehr bei ihren Eltern wohnt. Maxis Problem: Jetzt, da sie die Mitarbeiter des Münchner Jugendamtes kennen gelernt hat, muss sie mit Beamten auskommen, die sie nur vom Telefon her kennt. Weil das Hamburger Jugendamt ganz besonders sparen muss, empfehlen ihr die Sachbearbeiter, nach Hamburg zu ziehen: »Da sind die Wohnungen noch billiger als in München.« Für Maxi ist die Vorstellung, nach Hamburg zu ziehen, schwer. Sie will in München bleiben, hat hier Freunde gefunden. Und so beantragt sie, während sie ihre Schule fertig macht und einen Ausbildungsplatz sucht, Sozialhilfe. Die muss sie da beantragen, wo sie*

*gemeldet ist. Also beim Sozialamt München. Maxi wird eine Dringlichkeitsrangstufe zugewiesen und kurze Zeit später eine kleine Sozialwohnung. Die Miete zahlt das Jugendamt in Hamburg. Tausend Mark Einrichtungsgeld stehen Maxi zu. Davon kauft sie sich ein Bett, ein Regal, einen Schrank. Extrageld steckt sie in die notdürftige Anschaffung einer Küche: Herd, Spüle. Zusätzlich erhält Maxi Stromgeld und ein »Taschengeld« von siebenhundert Mark – das ist der Sozialhilfesatz.*
*Maxi hat eine Ausbildungsstelle bei einem Frisörsalon in München gefunden. Im Moment ist sie ganz glücklich, auch wenn sie mit dem Geld kaum über die Runden kommt. Wegfahren ist so gut wie nicht drin.*

## hintergrund

### noch keine 18 jahre und zu hause in not – wie ausziehen?

Wenn du zu Hause in Not gerätst, muss dir geholfen werden. Deine Gründe für eine Notsituation zu Hause können sein, dass du große Schwierigkeiten mit deinen Eltern hast, dass psychischer Druck in der Familie ausgeübt wird – oder, dass eine Vergewaltigung im Familienkreis stattgefunden hat. In solchen Fällen, wenn du nicht mehr weißt, wie es weitergeht, dann wende dich

**Das Jugendamt bietet Hilfe an.**

auf jeden Fall an das Jugendamt. Zögere nicht, dort anzurufen, wenn du Hilfe brauchst. Frag nach der Abteilung der Heimunterbringung für Jugendliche. Keine Angst! – »Heimunterbringung« hört sich schrecklich an. Aber das ist nur ein Wort für ganz viele Möglichkeiten einer Unterbringung. Deshalb: Anrufen und um Auskunft bitten.

Claudia Rottler ist im Jugendamt München auch für die Heimunterbringung von Jugendlichen zuständig:

*»Viele, die zu mir kommen und denen ich vorschlage in ein Heim zu gehen, erschrecken zuerst. Aber ein Heim ist gar nicht so schrecklich, wie ihr euch das vielleicht vorstellt. Meist wohnen die Jugendlichen in kleinen Wohngruppen zusammen. Das schaut dann gar nicht nach Heim aus. Natürlich gibt es in diesen Gruppen Regeln, an die man sich halten muss, und auch Pflichten, die jedes Gruppenmitglied erfüllen muss. Viele fragen mich, ob sie auch aus dem Heim raus dürfen. Um es so zu sagen: Von den Wohngruppen in einem Heim geht man ganz normal in die Schule oder macht seine Ausbildung, besucht seine Freundin oder seinen Freund, geht seinen Hobbys nach, macht Sport.«*

In einigen Städten wie in München gibt es auch den Allgemeinen Sozialdienst (ASD), den du in Notfällen aufsuchen kannst. Aber ob es der Allgemeine Sozialdienst ist oder das Jugendamt, in beiden Fällen versuchen die Bearbeiter erst einmal auszuloten, wie sie dir helfen können. Sollen sie dir oder deinen Eltern allein helfen, oder sollen sie dich so schnell wie möglich erst einmal vor zu Hause schützen? Diese »Vorstufe« wird auch durch die Paragraphen 27, 28 und 29 des Kinder- und Jugendhilfegesetzes geregelt. Bist du so sehr in Not, dass du noch am gleichen Tag wegmusst, dann wird ganz schnell entschieden, natürlich noch am gleichen Tag. Andererseits: Bist du in Not, dann kannst du dich auch direkt an eine Jugendschutzstelle wenden. Das sind Heime, die dich vor den Eltern schützen. Hier werden allerdings viele Jugendliche »durchgeschleust«, die nicht wissen, wohin sie sollen. Ein Luxushotel ist die Jugendschutzstelle also nicht, eher ein Notfallpensionat. Schlag das Telefonbuch auf und suche die Nummer einer Jugendschutzstelle, manchmal steht sie auch unter der Sammelnummer eines Jugendamtes. Lebst du in einem Dorf, dann suche die Telefonnummer unter den Nummern deiner nächsten Kreisstadt. Natürlich hilft auch die Polizei weiter, wenn du zu Hause in Not bist.

**Bist du in Not, dann wende dich direkt an eine Jugendschutzstelle.**

Ganz unabhängig von der Unterbringung in einer Jugendschutzstelle: Schlägt eine Vermittlung des Jugendamtes zwischen dir und deinen Eltern fehl, dann steht dir entweder eine Heimunterbringung oder eine Pflegeunterbringung zu. Die Eltern, bzw. die gesetzlichen Vertreter haben aber auch weiterhin ein Mitspracherecht. Gleichwohl hat das Jugendamt in schwierigen Fällen das Recht, beim Vormundschaftsgericht den Eltern Teile des Sorgerechts zu entziehen. In wirklich schwierigen Fällen, wenn man dich vor deiner Familie schützen muss, kann das Jugendamt dein Aufenthaltsbestimmungsrecht übernehmen (Inobhutnahme nach Paragraph 42 des Kinder- und Jugendhilfegesetzes). Du kannst auch um Obhut bitten (z.B. wegen Brutalität zu Hause). Gleiches gilt für die Jugendschutzstelle, die du aufsuchst. In schwierigen Fällen findet auch hier eine Inobhutnahme statt. Immer, um dich zu schützen. Wenn du Schutz brauchst, dann bekommst du Schutz: Im Jugendamt, bei der Jugendschutzstelle – und notfalls für vierundzwanzig Stunden bei der nächsten Polizeistelle. Von der Jugendschutzstelle, der ersten Anlaufstation zum Übernachten bei Notfällen, geht es weiter mit der Planung in Sachen neue Unterkunft ...

## heimunterbringung oder pflegefamilie?

**Du hast ein Recht mitzuentscheiden, wo du leben willst.**

Grundsätzlich: Du hast ein Recht mitzuentscheiden, wo du auf längere Sicht leben willst: Im Heim, oder in einer Pflegefamilie? Auch deine Eltern haben, solange sie das Sorgerecht über dich haben, ein Recht über deine weitere Unterbringung mitzuentscheiden. Deine Mitsprache und die deiner Eltern regeln die Paragraphen 5 und 8 des Kinder- und Jugendhilfegesetzes. Das Jugendamt steht dir zur Seite. Fühl dich nicht allein, es kämpft auch jemand für dein Recht. Der Staat ist in diesem Fall auch dein Rechtsanwalt.

Bei einer Pflegefamilie läuft es so, dass du, wie es das Wort schon sagt, bei einer Familie untergebracht wirst. Im Falle einer Heimunterbringung gibt es die unter-

schiedlichsten Wohnformen: Familienwohngruppen, WGs, Heime mit Schule oder Heime mit Schule und integrierter Ausbildung. Es gibt Unterbringungen mit Vollbetreuung, oder sogar die Unterbringung in eine eigene Wohnung, in der dich ab und zu ein Betreuer aufsucht. Aber Vorsicht: Dir steht zwar in Notfällen eine Unterbringung zu, aber nicht von Anfang an eine eigene Wohnung.
Nochmal Claudia Rottler vom Jugendamt München:

*»Für Jugendliche, die mindestens 16 Jahre alt sind, gibt es die Möglichkeit des betreuten Wohnens. Dazu zählen auch Jugendliche über 18 Jahre. Das heißt, ihr lebt allein oder auch mit anderen Jugendlichen selbständig in einer Wohnung und werdet dort betreut. Ob das betreute Wohnen für euch in Frage kommt, muss das Jugendamt prüfen. Das heißt: Ihr müsst die Hilfe auch wirklich brauchen. Nicht jeder hat Anspruch auf eine eigene betreute Wohnung.«*

**Es gibt die Möglichkeit des »betreuten Wohnens«.**

Hast du eine neue Bleibe zusammen mit dem Jugendamt gefunden, begleitet dich das Jugendamt weiter. Es ist verpflichtet zu überprüfen, wie es dir geht und wie es weitergeht. Ein Hilfeplan wird für dich erstellt (Paragraph 36 Kinder- und Jugendhilfegesetz).

## über 18 jahre und zu hause in not

Ab 18 Jahren zählst du – bis zum 21. Lebensjahr – als »junger Volljähriger« (Paragraph 41 Kinder- und Jugendhilfegesetz). Hast du zu Hause oder mittlerweile in einer WG, einer eigenen Wohnung, Probleme, dann hilft dir auch weiterhin das Jugendamt, wenn wegen der »individuellen Situation« deine »Persönlichkeitsentwicklung« oder deine »eigenverantwortliche Lebensführung« nicht gewährleistet ist. Hinter dieser Hilfe steht der Wille des Gesetzgebers, dass es dir möglich sein muss, dein eigenes Leben zu entwickeln. Bei Gewalt zu Hause oder in der WG, bei Stresssituationen, die es dir nicht ermöglichen deine Ausbildung oder Schule abzuschließen, hilft der Staat. Berufe dich auf den Paragraphen 41 des Kinder- und Jugendhilfegesetzes. Hast du Probleme in der Ausbildung und Schule, die durch eine unglückliche Wohnungsunterbringung verursacht werden, dann stellt dies einen Sonderfall dar, und dir steht Hilfe auf sozialpädagogisch begleitetes Wohnen zu.

## eigene wohnung – ab wann?

**Die Wohnungsvergabe erfolgt beim Wohnungsamt.**

Ab 18 Jahren kannst du eine eigene Wohnung mieten. Ab 16 Jahren hast du aber immerhin schon Anspruch auf eine Sozialwohnung, die Regel ist allerdings auch hierfür die Volljährigkeit, um eine Sozialwohnung zu bekommen. Die Wohnungsvergabe erfolgt beim Wohnungsamt. Und das macht es nicht einfach: Erstens steht nur eine begrenzte Zahl von Sozialwohnungen zur Verfügung. Zweitens musst du eine Dringlichkeitsstufe erreichen, damit du eine Sozialwohnung bekommst.

Und: Dein Einkommen muss sehr gering sein. Ein Beispiel dafür, wann das Wohnungsamt auch Minderjährigen mit einer eigenen Wohnung hilft: wenn ein Mädchen schwanger ist. In den meisten Fällen verweist das Wohnungsamt aber auf das Jugendamt, wenn du nach einer Wohnung suchst und noch keine 18 Jahre alt bist. Dann fragt das Jugendamt sehr genau nach, warum du eine eigene Wohnung oder eine WG suchst. Anders ist es, wenn du Hilfe brauchst. Wie bereits beschrieben, steht euch dann Hilfe per Gesetz zu. Zum Thema »Sozialhilfe: Ab wann und für wen?« findest du ab Seite 56 Informationen. Bist du finanziell nicht in der Lage, deine Mietkosten zu bestreiten, dann kannst du beim Wohnungsamt auch Wohngeld beantragen.

## sich gegen sexuelle nötigung und gewalt wehren

»Eine elfjährige Bravo-Leserin muss sich doch wie ein Krüppel vorkommen, wenn sie noch nie gevögelt hat.« Das hat nicht der Papst in Rom gesagt, sondern der Schriftsteller Andreas Neumeister. Er hätte auch schreiben können: Im Medienzeitalter wirst du mit Liebes- und Sexszenen so vollgekleistert, dass du vergisst, was eigentlich völlig natürlich ist: Sexualität.

**Du allein entscheidest, was du willst.**

Sexualität ist und bleibt Selbstbestimmung. Du allein entscheidest, was du willst. Du allein bist Herr oder Frau über deinen Körper – und sonst niemand, egal, wie alt du bist. Nicht dein Vater, nicht deine Mutter, nicht dein Bruder, nicht deine Schwester, nicht dein Lehrer, nicht dein Ausbildungsleiter – niemand! – hat das Recht, mit deinem Körper etwas zu machen, was du nicht willst.

Das haben auch die Gesetzgeber verstanden. Der Begriff der Vergewaltigung schließt auch Oral- und Analverkehr mit ein. Das war nicht immer so. Und »Vergewaltigung in der Ehe« ist mittlerweile ebenfalls strafbar. Auch der hämische Begriff von den »ehelichen Verpflichtungen« hat keine Rechtsgrundlage mehr: Sex per Gesetz? – Hört sich zwar für den interessant an, der Sex will, ist aber für den, der keinen Sex will, Zwang.

Sexualität, das ist also Selbstbestimmung. Und das hat Konsequenzen. Auch für dich.

Du entscheidest, was du willst und was nicht. Du hast ein Recht, dich zu wehren, wenn du dich sexuell bedrängt oder genötigt fühlst. Glaub nicht, dass du etwas »falsch« gemacht hast, wenn du sexuelle Handlungen, die dir unangenehm sind, ablehnst. Wenn dir jemand zu Hause immer beim Duschen zusieht und du willst es nicht – dann bist du im Recht, wenn du dich dagegen wehrst. Wenn der Vater seiner Tochter einen Klaps auf den Po gibt und die Tochter will es nicht – dann ist die Tochter im Recht und sie hat Anspruch darauf, dass ihr jemand hilft. Wenn der U-Bahnschaffner dir jeden Morgen sagt, dass du »ganz schön pralle Titten« hast, und du willst nicht, dass er dir das sagt, dann bist du im Recht. Ob du ein Mädchen oder ein Junge bist, egal wie alt du bist, alles was mit deinem Körper geschieht, ist deine Sache.

**Handeln, aktiv werden, raus aus der Sorgenecke!**

Was aber heißt das eigentlich, im Recht zu sein? Zunächst einmal heißt das, es gibt Leute, die dir helfen. Das Jugendamt und Beratungsstellen sind immer für dich da, selbst wenn es entsetzlich schwer fällt, über eine schwierige Situation zu reden. Du kannst auch einfach zu einem Arzt gehen, zum Lehrer oder zur Polizei. Überlege dir, zu wem du Vertrauen hast, von dem du glaubst, dass er dich versteht. Versuch dir Hilfe zu holen, auch wenn du Angst hast. Holst du dir keine Hilfe, dann kann dir auch nicht geholfen werden. Wenn du gute Freundinnen oder Freunde hast, dann erzähle ihnen von deinen Problemen. Es gibt nur eines: Handeln, aktiv werden, raus aus der Sorgenecke!

Sebastian Kempf (im Interview S.K.) und Michael Niggel (M.N.) sind Sozialpädagogen bei der Deutschen Gesellschaft für Familienplanung und Mitarbeiter im Sexualpädagogischen Team von Pro Familia.

**Die Verschreibung der Pille hängt vom Arzt ab.**

Kann sich ein Mädchen unter 18 die Pille verschreiben lassen?

***S.K.:** Ja. Und der Arzt hat Schweigepflicht darüber. Die Eltern erfahren davon also nichts. Aber der Arzt wägt natürlich nach medizinischen Gründen ab, ob er die Pille verschreibt, oder nicht. Das ist letztlich seine Entscheidung. Sollte der Arzt aus irgendwelchen anderen Gründen die Pille nicht verschreiben, hat das Mädchen natürlich die Möglichkeit, den Arzt zu wechseln.*

Gibt es eine gesetzliche Altersstufe, ab wann die Pille verschrieben werden darf?

***M.N.:** Nein, die gibt es nicht. Die Verschreibung hängt vom Arzt ab.*

Wie ist das mit der Arztrechnung bei der Pillenverschreibung?

***S.K.:** Das ist ein schwieriger Punkt. Bei Privatversicherten kommt ja die Rechnung nach Hause. Also zu den Eltern, wenn Kinder und*

*Jugendliche noch mitversichert sind. Und sind die Eltern nicht privat versichert, dann müssen sie immerhin die Chipkarte der Krankenkasse rausrücken, damit Kinder- und Jugendliche zum Arzt gehen können. Aber da gibt es noch die Alternative, dass Kinder und Jugendliche zu Beratungsstellen wie »Pro Familia« gehen können. Das ist kostenlos. Das junge Mädchen kann sich bei Pro Familia untersuchen lassen und dann auch ein Pillenrezept dort bekommen. Wenn man auf dem Land wohnt, ist das schwierig. Denn die meisten Beratungsstellen sind natürlich in den Städten zu finden. Teilweise verschreiben auch die Gesundheitsämter die Pille. Das ist allerdings von Fall zu Fall verschieden.*

**Lass dich z.B. bei Pro Familia beraten.**

Stimmt es, dass es bei den Gesundheitsämtern einen kostenlosen »Aids-Test« gibt?

***M.N.:*** *Ja. HIV-Antikörper-Tests werden im Gesundheitsamt in der Regel umsonst und anonym angeboten.*

Thema Schwangerschaft: Was macht eine Frau, wenn sie unter 18 Jahren ist und schwanger wird, das Kind aber nicht austragen will?

***S.K.:*** *Egal wie alt die junge Frau ist, ob im Kindesalter oder im Jugendlichenalter – die Schwangere kann allein und unabhängig entscheiden, ob sie das Kind bekommen will oder* *nicht. Das ist zunächst einmal der Grundsatz. Und es ist so, dass der Gesetzgeber diejenigen unter Strafe stellt, die versuchen, die Schwangere bei ihrer Entscheidungsfindung unter Druck zu setzen.*

An wen wendet sich die junge Schwangere, wenn sie bei ihrer Entscheidung das Kind zu bekommen oder nicht, unter Druck gesetzt wird?

***M.N.**: Eine gute Adresse ist sicherlich das nächste Jugendamt – oder auch Beratungsstellen.*

Wie sieht das konkret aus, wenn die Schwangere abtreiben will, aber noch minderjährig ist? Hat der Arzt da nicht die Eltern zu fragen, bevor er den Eingriff vornimmt?

***S.K.**: Eigentlich müsste er die Einwilligung der Erziehungsberechtigten haben, da es sich ja um einen operativen Eingriff bei dem Kind der Eltern handelt und die Eltern das Sorgerecht über ihr Kind haben. Hier handelt es sich um einen rechtlichen Graubereich. Denn im Grunde widerspricht die Befragung der Eltern der freien Entscheidungsfindung der Schwangeren. Sollten die Eltern die Einwilligung verweigern, hat die Schwangere die Möglichkeit, zum Jugendamt zu gehen, um über Vermittlungsgespräche bis hin zum Entzug des Sorgerechts der Eltern den Schwangerschaftsab-*

*bruch durchzusetzen. Wir wissen allerdings auch, dass es Ärzte gibt, die eine Abtreibung auch ohne Einwilligung der Eltern vornehmen.*

Wie sieht das mit der Bezahlung einer Abtreibung aus?

**Die Frau allein entscheidet über Abtreibung oder nicht.**

***M.N.****: Eine Variante ist, dass die Schwangere den Abbruch selbst bezahlt. Es gibt aber auch die Variante, dass das Sozialamt zahlt, wenn es sich bei der Schwangeren um eine Jugendliche handelt. Jugendliche haben aber in der Regel kein Einkommen und auch kein Vermögen. Als Bemessungsgrundlage, die für das Sozialamt wichtig ist, dient ausschließlich das alleinige Vermögen der Frau oder des Mädchens. Denn die Frau allein entscheidet über Abtreibung oder nicht. Und das Sozialamt ist dabei zum Stillschweigen verpflichtet.*

Was ist generell zu tun, wenn eine Schwangere niemanden hat, der ihr weiterhilft?

***S.K.****: Auf jeden Fall zur Schwangerenberatung gehen und nach Adressen von Ärzten fragen, die Jugendliche als mündige Bürger ernst nehmen. Beratungshilfe bietet auch das Jugendamt an.*

Um einen Schwangerschaftsabbruch zu verhindern, gibt es auch die Möglichkeit der »Pille danach« und der »Spirale danach«. Haben auch hier Minderjährige volle Entscheidungsfreiheit?

***M.N.**: Ja. Aber das Problem ist, dass die »Pille danach« ein Medikament ist, das in Gegenwart des Arztes eingenommen werden muss. Der Arzt nimmt zuerst eine Untersuchung vor und entscheidet dann, ob er die »Pille danach« ausgibt. Diese Pille muss innerhalb von 48 Stunden nach dem ungeschützten Geschlechtsverkehr eingenommen werden.*

Bekommt die junge Frau die »Pille danach« bei jedem Arzt?

**Die »Pille danach« ist kein Verhütungsmittel.**

***S.K.**: Uns sind eigentlich nur Fälle bekannt, wo die »Pille danach« in Kliniken verabreicht wird. Die junge Frau sollte sich also in der Ambulanz oder der Notaufnahme einer Klinik melden, wenn sie sich für diese Pille entscheidet. Dort muss sie an die richtige Abteilung verwiesen werden. Das gilt auch für die »Spirale danach«. Beides läuft über die Verschreibungspflicht. Die Krankenkasse zahlt. Die junge Frau kann aber natürlich selbst zahlen und mit der Rechnung zum Sozialamt gehen, wenn mangelndes Eigenvermögen vorliegt. Die Ärzte beraten auch hier. Grundsätzlich aber ist die »Pille danach« kein Verhütungsmittel.*

Zu dem Fall, wenn eine minderjährige Frau schwanger ist und das Kind auf die Welt bringen möchte.

***M.N.:** Grundsätzlich ist es so: Die Schwangere kann ihr Kind auf die Welt bringen, egal ob sie es finanziell versorgen kann oder nicht. Für den Fall, dass sie es nicht finanziell versorgen kann, kommen die »Verwandten der geraden Linie« dafür auf: Das sind Mutter, Vater, Großeltern. Nicht aber die Geschwister. Ist es dieser »geraden Linie« ebenfalls nicht möglich, finanziell für die Schwangere und deren Kind zu sorgen, dann springt der Staat ein. Das läuft über das Sozialamt. Es steht aber auch jeder Schwangeren die Alternative zur Adoption offen. Sehr wichtig ist, dass sich die junge Schwangere rechtzeitig bei den Schwangerenberatungsstellen darüber informiert, welche finanzielle Hilfen es für sie gibt. Denn es gibt bestimmte Unterstützungsgelder nur, wenn sie vor der Geburt beantragt wurden.*

**Informiere dich über finanzielle Hilfen!**

Zum Thema Sexualität. Ab wann darf ich was?

***S.K.:** Sexualität ist nie ein Straftatbestand. Es sei denn, die Sexualität richtet sich gegen den Willen eines Beteiligten ...*

... das heißt: Wenn zwei 15-Jährige miteinander Sex haben, dann ist das völlig o.k.?

*M.N.: Ja. Wenn sie das beide so wollen, dann ist es in Ordnung. Schwierig wird es erst dann, wenn Volljährige mit Minderjährigen Sex haben. Da gibt es Regelungen. Unter Strafe stehen grundsätzlich sexuelle Handlungen mit Kindern unter 14 Jahren. Das heißt aber auch: Haben zwei 13-Jährige miteinander Sex und wollen das so, dann ist das ohne Strafbelang. Anders ist es, wenn ein oder eine 16-, 17-, oder Volljährige/Volljähriger mit einem Kind unter 14 Jahren Sex hat. Hier gilt das Verbot und das Straftäterprinzip.*
*Grundsätzlich gilt für alle homo- und heterosexuellen Handlungen das Schutzalter 16 Jahre. Ab diesem Alter sind sexuelle Handlungen im Einvernehmen mit den sexuellen Partnern erlaubt, egal ob ein Partner volljährig und der andere minderjährig ist. Es darf hier allerdings kein Abhängigkeitsverhältnis bestehen. Zum Beispiel zwischen Schülerin/Schüler und Lehrer/Lehrerin. Genaue Grundlage bilden die Paragraphen 176 Strafgesetzbuch (»Sexueller Missbrauch von Kindern«) und Paragraph 182 Strafgesetzbuch (»Sexuelle Handlungen mit Jugendlichen unter 16 Jahren«).*

Wie verhält es sich mit sexuellen Verhältnissen innerhalb des Familienkreises. Darf man mit Cousin oder Cousine ein sexuelles Verhältnis haben?

***S.K.**: Cousin oder Cousine ist erlaubt. Aber sexuelle Handlungen innerhalb der Familie zu denen Vater, Mutter, Bruder, Schwester gehören, ist Inzest und damit verboten. Was Eltern-Kind-Verhältnisse betrifft, heißt es im Strafgesetzbuch: »Wer mit einem leiblichen Abkömmling den Beischlaf vollzieht, wird mit Freiheitsstrafe bis zu drei Jahren oder mit Geldstrafe bestraft.« Ein Straftatbestand liegt auch vor, wenn es sich um leibliche Verwandte aufsteigender Linie handelt. Was Geschwister betrifft, heißt es: »Ebenso werden leibliche Geschwister bestraft, die miteinander den Beischlaf vollziehen.« Allerdings muss natürlich eine Anzeige vorliegen. Sonst passiert gar nichts.*

**Inzest ist verboten.**

Warum dürfen Jugendliche keine Pornos sehen?

***M.N.**: Entscheidend ist das Freigabealter. Der Gesetzgeber ist verpflichtet, Jugendliche vor falschen sexuellen Vorstellungen zu schützen. Es gibt also Gründe, warum Pornografie für Jugendliche verboten ist.*

Ab wann dürfen Jugendliche zu Prostituierten?

***S.K.**: Ab 18 Jahren. Für Minderjährige sind Orte, an denen Prostitution herrscht, »jugendgefährdende Orte«. Und da ist es eben verboten hinzugehen, bis man volljährig ist.*

## schwangerschaft

Obwohl über Schwangerschaft schon im Experteninterview gesprochen wurde, noch einige Hintergründe. Ein freiwilliger Schwangerschaftsabbruch, der nichts mit Gesundheitsschäden für die Schwangere oder einer Vergewaltigung zu tun hat, ist nur unter bestimmten Voraussetzungen erlaubt bzw. straffrei. Und zwar nur dann, ...

- wenn der Schwangerschaftsabbruch innerhalb von zwölf Wochen nach der Empfängnis stattfindet;
- wenn die schwangere Frau dem abtreibenden Arzt eine Bescheinigung vorlegt, die von einer anerkannten Beratungsstelle der Schwangerschaftskonfliktberatung (das können Frauenärzte sein oder Organisationen wie Pro Familia) ausgestellt ist und diese Beratung mindestens drei Tage zurückliegt;
- wenn die schwangere Frau die Abtreibung selbst will.

**Die Krankenkassen zahlen nicht jede Abtreibung.**

Die gesetzlichen Krankenkassen zahlen jedoch nicht jeden Schwangerschaftsabbruch. Sie zahlen nur dann, wenn die Schwangerschaft zu Gesundheitsschäden für die Mutter führen kann, oder die Schwangerschaft durch eine Vergewaltigung ausgelöst wurde. Dann ist die Rechtslage auch eine andere.

Zahlt die Krankenkasse also nicht – wie in den meisten Fällen der freiwilligen Schwangerschaftsabbrüche – dann gibt es noch die Möglichkeit, die Kosten für die Abtreibung beim Sozialamt einzufordern. Vorausgesetzt, die Schwangere hat nur ein sehr geringes Einkommen.

Detaillierte Informationen kannst du im Experteninterview am Anfang dieses Kapitels nachlesen.

## dein recht schwul oder lesbisch zu sein

**Schwule oder Lesben haben ein Recht darauf, ihre Gefühle auszuleben.**

Sich als Schwuler oder Lesbe zu bekennen, scheint in einer freien Gesellschaft einfach zu sein. Doch das Sich-Bekennen weckt auch heute noch Angst: Der Gedanke »Ich bin anders« schürt die Panik vor Ausgrenzung, Alleinsein und Minderwertigkeit. Obwohl die Sexualität Selbstbestimmung bedeutet. Schwule oder Lesben haben aber genauso ein Recht darauf, ihre Gefühle auszuleben, wie es heterosexuelle Paare, also Junge/Mädchen, Mann/Frau machen.

Diskriminierung, Ausgrenzung, Ungleichbehandlung oder Gewaltanwendung gegenüber Homosexuellen sind Straftatbestände. Schwul- oder Lesbischsein ist nicht unnormal, sondern so normal wie es heterosexuelle Beziehungen sind.

Von Daniel Corbic (20)

*»War es der Junge im Kindergarten, der einem so gut gefallen hat, oder der beste Kumpel in der Grundschule? Vielleicht waren es aber auch nur die Männer im Fernsehen, die man sich lieber als Frauen angesehen hat.*

*Meist später gibt es dann den Moment oder die Phase, in der es einem so langsam dämmert: ›Ich bin schwul.‹ Willkommen beim Coming-out, der Zeit, in der nichts mehr so selbstverständlich ist, wie es einmal war.*
*Ein blöder Witz über Schwule, ein Gespräch über Tunten oder einfach nur der Umstand, dass man Keanu Reves im Film* Matrix *tausendmal geiler fand als seine Partnerin, können Auslöser für das Gefühl sein, plötzlich mit seinen Empfindungen allein dazustehen, weil sie anders als die der ›anderen‹ Jungen sind. Jeder junge Schwule erlebt diesen Moment auf die eine oder andere Weise. Der Moment, in dem man sich eingesteht, auf Jungs zu stehen, ist auch vollkommen unabhängig vom Alter.*
*Man hört das Wort ›schwul‹ in der Schule immer noch als Wort, das für etwas steht, das scheiße aussieht, aus dem Rahmen fällt und vollkommen fehl am Platz ist. Klar, dass es dann nicht einfach ist, zu sagen ›Ich bin schwul‹ – und es als etwas Positives sieht. Deshalb schieben manche die Empfindungen, die sie für Jungs haben und nun mit dem Wort schwul verbinden, ganz weit weg in eine Ecke ihres Bewusstseins mit der Hoffnung, dass es dann auch verschwindet. Weil es ein Teil von einem ist, verschwindet es aber nicht. Warum auch?*

*Schwul zu sein tut nicht weh. Obwohl die Gesellschaft toleranter als vor 30 Jahren über Schwule denkt und es tatsächlich einfacher geworden ist, an Informationen zu kommen oder in eine schwule Disko zu gehen, so sind es doch immer noch die eigenen Freunde und Eltern, die negativ reagieren könnten, wenn man es ihnen erzählen will, weil man vielleicht gerade verliebt ist. Die Spannungen aus Erzählen- oder Verschweigenwollen können ziemlich stark werden, weil eben auch die Ängste sehr groß sind. Diese Ängste sind durchaus berechtigt, denn für den besten Freund ist es auch eine Umstellung, wenn sein bester Kumpel schwul ist. Klar, kann es passieren, dass sich Freunde zurückziehen, weil sie mit dem Schwulsein ein Problem haben, aber es gibt auch andere, die zu einem halten. Vergiss die, die sich zurückgezogen haben, es waren dann doch nicht die Richtigen.*

*Ähnlich sind die Reaktionen bei den Eltern, die im ersten Moment sicher schockiert sind, weil in ihren Köpfen Erwartungen sind, die nun nicht erfüllt werden: Familie, Enkelkinder, der glücklich verheiratete Sohn. Auch fragen sich immer noch viele Eltern nach dem Comingout ihres Sohnes, ob sie was falsch gemacht haben. Als ob Schwulsein eine Sache der Erziehung sei.*

*Das Coming-out besteht aus mehreren Schritten: Der erste ist der, dass man sich im Spiegel anschauen kann, sagen kann, dass man schwul ist und sich dann immer noch mag – das ist der wichtigste Schritt.*

## regeln und gesetze

*Vor der Wiedervereinigung gab es noch den Paragraph 175 Strafgesetzbuch, der gleichgeschlechtliche Handlungen zwischen einem Volljährigen und einem Jungen unter 18 Jahren unter Strafe stellte. Doch mit der Mauer fiel auch der Paragraph, und für Schwule und für Heterosexuelle gilt gleichermaßen das Schutzalter 16 Jahre.*
*Für Schwulen-Diskos sollte man zwar 18 Jahre alt sein, aber das wird so gehandhabt wie bei anderen Diskos auch.*
*Neben Diskos gibt es jede Menge Cafés und andere Freizeitaktivitäten. Vom schwulen Fußballverein bis zur Jazztanz-Gruppe gibt es mittlerweile fast alles. Wer sich noch nicht gleich in die Szene traut, kann es ja über die Beratungsstellen probieren. Meist können diese Beratungsstellen einem Auskunft über Jugendgruppen geben, in denen man Gleichalt-*

*rige treffen kann. Die Adressen dieser Beratungsstellen und Szenelokale stehen in den größeren Stadtmagazinen.*

## wie ist das mit schwulem sex?

*Während ein Hetero vielleicht bis zu seinem ersten Kuss tausend Küsse und Liebesspiele in Film, Zeitschrift und Pärchen auf der Straße beobachten konnte, hat ein junger Schwuler viel weniger vorgelebte Bilder im Kopf.*
*Was machen Schwule eigentlich im Bett? Muss Analverkehr zwangsläufig ein Bestandteil von ›schwulem Sex‹ sein? Und abgesehen davon, was mache ich, wenn ich mit einem Jungen im Bett bin?*
*Alles was gefällt! Vielleicht ist gerade das Fehlen von irgendwelchen dominanten Rollenbildern das Schöne am Schwulsein. Denk einfach daran, was du mit dem anderen machen möchtest. Küssen, streicheln, sich gegenseitig einen runterholen ist doch bereits schöner Sex. Neben der ›Regel‹, dass erlaubt ist, was gefällt, gibt es noch die Einschränkung, dass nicht alles, was dir gefällt, auch dem anderen gefallen muss. Ein ›Lass das‹ heißt nicht, dass er dich nicht mag, sondern dass das nicht sein*

**Erlaubt ist, was gefällt.**

*Ding ist. Umgekehrt ist es aber für dich wichtig zu sagen, ›nein, das gefällt mir nicht‹. Gerade wenn es für dich das erste Mal ist oder wenn es auch das x-te Mal ist: Wichtig ist es, dass der andere dein ›Nein‹ respektiert. Es ist kein Liebesbeweis, etwas zu machen, wozu du keine Lust hast.*

*Safer Sex ist zwar ein allgemeiner Begriff geworden, doch leider zeigen die Statistiken der HIV-Neuinfektionen, dass gerade wir Schwulen am gefährdetsten sind. Aber HIV/Aids gehören zum Leben dazu und wenn man beim Sex ein paar Dinge beachtet, braucht man vor HIV keine Angst zu haben. Und sich heute über HIV/Aids zu informieren, ist auch nicht mehr schwer, denn in den Beratungsstellen von ›Pro Familia‹ bis hin zu den Aids-Hilfen gibt es jede Menge Informationsbroschüren. Ein weiterer guter Tipp sind die Gesundheitsämter, die teilweise auch einen kostenlosen HIV-Test anbieten. Neben HIV gibt es noch andere sowohl lästige als auch gefährliche Infektionen, wie zum Beispiel eine Ansteckung mit Hepatitis B. Auch hier kann man sich ruhig mal informieren, sollte sich aber nicht gleich den Spaß am Sex nehmen lassen.*

*Ein Recht auf Schwulsein heißt ein Recht auf Entfaltung seiner eigenen Persönlichkeit haben.«*

**Wenn man beim Sex ein paar Dinge beachtet, braucht man vor HIV keine Angst zu haben.**

# gewalt

In diesem Kapitel geht es darum, welche Rechte und Möglichkeiten du hast, gegen Gewalt vorzugehen: Wann beginnt die Selbstverteidigung? Was ist Notwehr? Was ist unterlassene Hilfeleistung? Ist das Ziehen der Notbremse im Zug strafbar, wenn du dich bedroht fühlst? ...

## gewalt erlebst du täglich: wie verhalte ich mich richtig?

*Kürzlich an einer U-Bahn-Haltestelle.*
*Ein Mann, vielleicht 30 Jahre alt, mit einer Plastiktüte in der Hand, hat zusammen mit zwei Mädchen den gleichen Weg zum U-Bahn-Ausgang. Kaum aus der U-Bahn ausgestiegen, redet er die Mädchen an, macht dabei merkwürdige Handbewegungen und lacht. Die Mädchen beschleunigen ihren Gang, kommen schließlich ins Rennen. Da redet und lacht der Mann immer lauter und beschleunigt auch seine Schritte. Leute sehen zu. Keiner weiß, um was es so recht geht. Eine harmlose Szene. Oder nicht? Es sieht so aus, als ob die Mädchen Angst haben. Sie versuchen dem*

*Mann zu entkommen und schaffen es schließlich auch. Panik ist in ihren Gesichtern abzulesen, ohne dass etwas »passiert« ist ...*

Niemand ist auf solche Situationen vorbereitet. Die Mädchen nicht. Und die Erwachsenen, die zusehen, auch nicht. Beide verhalten sich passiv. Die Mädchen fügen sich in die Rolle des Opfers, die Passanten sehen weg.

Es gibt verschiedene Lehrgänge, um mit solchen alltäglichen Situationen fertig zu werden. Dort wird man mit folgendem Schema vertraut gemacht:

- Wirst du bedroht oder fühlst du dich bedroht, dann verlasse die Rolle des Opfers. Dies geschieht durch einen Schrei, einen Pfiff, eine »laute Aktion«, in der dein »Gegner« verunsichert wird und du dich an Passanten wenden kannst. Wenn du um Hilfe bittest, müssen dir Leute helfen. Andernfalls machen sie sich wegen »unterlassener Hilfeleistung« strafbar.
- Vor allem für Passanten, die zusehen, gilt es, die Situation, die sie beobachten, zu klären und sich einzumischen: »Was geschieht hier?«, »Was ist hier los?«, »Ist alles in Ordnung?«, »Kann ich helfen?« ...
- Ist die Angst zu groß, um aktiv zu werden, dann sollten Leute, die auf der Straße sind oder die sich in nächster Nähe befinden, geholt und gerufen werden – das führt zu einem Mitreißeffekt und löst die Angst aller Beteiligten.

- Niemand sollte die Situation noch verschärfen oder anheizen: Fluchtmöglichkeiten gilt es deshalb ebenso zu prüfen. Auch damit der Peiniger seiner hoffentlich ausweglos gewordenen Situation vorübergehend entkommen kann – hinterher allerdings sofort die Polizei rufen!
- In allen Fällen von Gewalt, zu denen auch die Bedrohung zählt, die die beiden Mädchen an der U-Bahnstation erfahren haben, sollte die Polizei alarmiert werden.

## das experteninterview: »gewalt darf nicht gewinnen«

Wolfgang Wenger war Jugendkoordinator der Polizei in München und ist heute Pressesprecher der Münchner Polizei. Privat leitet er einen Verein zur Jugendförderung, der international tätig ist.

Wann habe ich das Recht auf Selbstverteidigung?

*Jedem steht das Menschenrecht auf Unversehrtheit seines Körpers, seines Lebens, zu. Und jeder hat die Möglichkeit und das Recht, sich selbst zu verteidigen oder auch anderen zu helfen, die einem Angreifer ausgesetzt sind. Leider haben wir in unseren Köpfen beim Thema Gewalt zu viele Hemmschwellen. Zu oft fragen wir: Darf ich das? ... Kann da was pas-*

**Jeder hat die Möglichkeit und das Recht, sich selbst zu verteidigen.**

*sieren? ... Was geht mich das an? – Um es konkret zu sagen. Es gibt laut Strafgesetzbuch die Notwehr. Der Paragraph 32 im Strafgesetzbuch sagt Folgendes: »Wer eine Tat begeht, die durch Notwehr geboten ist, handelt nicht rechtswidrig.« Daraus ergibt sich das Recht, sich selbst zu verteidigen.*

Was ist Notwehr und was darf ich in einer Notwehrsituation machen?

*Das klärt der Absatz 2 des Paragraphen 32 im Strafgesetzbuch. Und darin heißt es: »Notwehr ist die Verteidigung, die erforderlich ist, um einen gegenwärtigen rechtswidrigen Angriff von sich oder einem anderen abzuwenden.«*

**Notwehr ist eine Verteidigungshandlung.**

*Das heißt also, dass Notwehr eine Verteidigungshandlung ist, die im Moment der Tat notwendig wird, also »gegenwärtig« ist. Notwehr gegenüber Taten, die zurückliegen, gibt es nicht. Notwehr ist beispielsweise die Abwehr eines Schlages oder eines Würgegriffes. Nicht das Nachtreten. Wichtig ist auch, dass Notwehr nur gegen einen rechtswidrigen Angriff ausgeübt werden darf. Und die Notwehr muss erforderlich sein, ich darf also nicht überziehen, das heißt: Nicht mit Kanonen auf Spatzen schießen, also nicht jemanden, der mich schubst, mit einem Hammer zusammenschlagen.*

Wann spricht man von Nothilfe?

*Wenn ich jemandem helfe, der in Not ist. Wenn ich mich also nicht selbst verteidige, sondern jemanden bei seiner Verteidigung helfe.*

Wie weit darf ich bei Notwehr oder Nothilfe gehen?

*Die Selbstverteidigung oder die Hilfe für einen anderen muss im Verhältnis zu der Tat stehen, auf die reagiert wird. Notwehr oder Nothilfe dürfen nicht missbraucht werden, um seine Kräfte auszulassen.*
*Allerdings ist es manchmal so, dass man aus Angst und Schrecken überreagiert, weil man der Situation nicht gewachsen ist. Dann ist das Überschreiten der Notwehr, also der Selbstverteidigung, straffrei. Das steht in Paragraph 33 des Strafgesetzbuches. Und darin heißt es: »Überschreitet der Täter die Grenzen der Notwehr aus Verwirrung, Furcht oder Schrecken, so wird er nicht bestraft.«*

**Die Selbstverteidigung muss im Verhältnis zu der Tat stehen.**

Kann ich zur Hilfeleistung anderes Eigentum benutzen?

*Das Menschenleben zählt mehr als das Eigentum an einer Sache, das heißt, ich kann beispielsweise zur Rettung eines Ertrinkenden jemandem das Boot vorübergehend wegneh-*

*men. So verhält es sich auch mit anderen Gegenständen, die zwar fremdes Eigentum sind, aber zur Hilfeleistung für einen in Gefahr geratenen Menschen dienen können.*

Mache ich mich strafbar, wenn ich jemanden, der in Gefahr ist, nicht helfe?

**Unterlassene Hilfeleistung ist strafbar.**

*Wenn unterlassene Hilfeleistung nachgewiesen werden kann, dann ja. Es darf nicht mehr Täterschutz als Opferschutz gelten. Täterschutz gibt es dann, wenn ich bei Gewalt zusehe. Gewalt muss geächtet und gebranntmarkt werden.*

Ab wann kann man von unterlassener Hilfeleistung sprechen?

*Rechtsgrundlage ist der Paragraph 323c Strafgesetzbuch. Darin heißt es: »Wer bei Unglücksfällen oder gemeiner Gefahr oder Not nicht Hilfe leistet, obwohl dies erforderlich und Ihm den Umständen nach zuzumuten, insbesondere ohne erhebliche eigene Gefahr und ohne Verletzung anderer wichtiger Pflichten möglich ist, wird mit Freiheitsstrafe bis zu einem Jahr oder mit Geldstrafe bestraft.« So steht es im Gesetz. Und das heißt: Strafbar mache ich mich, wenn ich eine Hilfe, die notwendig gewesen wäre, nicht geleistet habe. Das ist immer der Fall, wenn jemand in Gefahr ist und sich allein nicht genügend wehren kann. Dem Helfer allerdings muss sein Einsatz zuzumuten sein. Einem Nichtschwimmer ist beispielsweise nicht zuzumuten, einen Ertrinkenden im See zu retten. Aber ich kann ihm zumuten, laut um Hilfe zu schreien oder einen Notruf zu tätigen.*

Wie ist das bei der Notbremse im Zug oder an der U-Bahnhaltestelle? Wann darf ich sie ziehen und wann nicht?

*Wir glauben immer, wir dürfen Notbremsen auf keinen Fall ziehen oder bloß nicht an Notrufsäulen einfach die Polizei anrufen. Das hängt vielleicht auch damit zusammen, dass immer draufsteht: »Missbrauch strafbar«. Leider steht nicht drauf: »Bei Gefahr ziehen«. Aber Missbrauch ist ja nur strafbar, wenn ich vorsätzlich handle, also wenn ich beispielsweise eine Notbremse aus Spaß ziehe.*
*Ich mache mich aber nicht strafbar, wenn ich die Notbremse deshalb ziehe, weil ich glaube, jemandem helfen zu müssen. Ich mache mich auch dann nicht strafbar, wenn sich im Nachhinein herausstellt, es wäre nicht notwendig gewesen, die Notbremse zu ziehen.*

Welche Waffen darf ich als Jugendlicher mitführen?

**In der Schule sind Waffen für jeden verboten.**

*Im Waffenrecht ist das sehr genau geregelt. Für Kinder- und Jugendliche sind Waffen grundsätzlich verboten, dazu zählen auch Gas- und Schreckschusswaffen. In der Schule sind Waffen ebenso für jeden verboten. Dazu gehören auch Taschenmesser. Die Schule ist ein waffenfreier Raum. Außerhalb des Schulbereichs sind Taschenmesser bei Minderjährigen ab 14 Jahren erlaubt, wenn die Taschenmesser nicht länger als 8,5 cm sind. Gas- und Schreckschusswaffen sind ab 18 Jahren erlaubt. Grundsätzlich verboten sind für jeden: Schlagringe, NunChakus (Würgehölzer), Präzisionsschleudern, Shuriken (Wurfsterne, deren Kanten geschliffen sind) und Spring- bzw. Fallmesser. Gleichwohl: Das ist nur eine Auswahl verbotener Gegenstände.*

Kann ein Jugendlicher Anzeige erstatten? Und wie läuft das ab, wenn ich deshalb auf die Polizeistation gehe?

*Jeder kann sich der Polizei anvertrauen. Ich kenne Fälle, wo Jugendliche zu Einbrechern wurden, weil sie von anderen unter Druck gesetzt wurden. Keiner sollte in einer solchen Angst leben müssen. Wenn Gewalt im Spiel ist oder Bedrohung, Erpressung, dann sollte man sich einen Ansprechpartner suchen, darüber reden. Und ein Ansprechpartner kann auch die Polizei sein. Bei der Polizei gibt es das Legali-*

*tätsprinzip. Sie muss handeln, wenn es um Straftaten geht. Und Bedrohung und Erpressung sind Straftatbestände.*

Was mache ich, wenn ich glaube, dass mich die Polizei in der Öffentlichkeit unrechtmäßig behandelt? Es kommt ja auch vor, dass Polizisten falsch oder aggressiv handeln.

*Polizisten müssen nach Recht und Gesetz handeln und nicht nach irgendwelchen Hautfarben oder Sympathie- bzw. Antipathiewerten. Es gibt auch Fälle, wo Polizisten falsch handeln. Wenn jetzt ein Jugendlicher glaubt, er wird von einem Polizeibeamten falsch behandelt, beispielsweise bei einem Polizeieinsatz, dann soll er sich sofort an einen anderen Polizisten wenden und soll den um Hilfe bitten. Unbedingt sagen: »Hier passiert etwas, das ist nicht in Ordnung.« Der Jugendliche soll an die Dienstehre des Polizisten appellieren, wenn Unrecht geschieht.*

*Weiterhin hat jeder Jugendliche die Möglichkeit der Beschwerde. Er kann sich über Polizeieinsätze bei der Polizeileitung beschweren oder auch Anzeige erstatten. Die Polizei hat eigene Ermittlungsstellen und eigene Kommissariate, die Beschwerden oder Anzeigen gegen Polizisten bearbeiten.*

**Jeder Jugendliche hat die Möglichkeit der Beschwerde.**

Ohrfeigen oder Ausgehverbote sind für viele Eltern Erziehungsmaßnahmen. Wie geht man vor, wenn diese Erziehungsmaßnahmen in Gewalt umschlagen – oder: Wann kann man hier von Gewalt sprechen?

**Jeder hat das Recht, »Nein« zu sagen.**

*Das ist wirklich schwer zu beantworten. Grundsätzlich gilt: Jeder hat ein Recht »Nein« zu sagen. Auch bei diesen so genannten Erziehungsmaßnahmen. Aber auch hier, in der Familie, gilt: Gewalt darf nicht siegen. Und wenn Prügel zur Tagesordnung zählen und auch noch wahllos erfolgen, dann sollte sich jeder an das Jugendamt oder die Polizei wenden und darüber sprechen. Über erfahrene Gewalt zu reden ist oft nicht leicht. Aber es ist der erste Schritt, um Hilfe zu bekommen.*

(Alles über sexuelle Gewalt findest du im Kaptitel: »Liebe, Partnerschaft, Sexualität«. Schlag auf, lies nach – check it out!)

# time to talk

»Rechte«, Gesetze und Bestimmungen lösen nicht nur Freude aus. Gerade wenn sie das Leben ein Stück komplizierter machen. Wie es beim Weggehen der Fall ist: Bis wie viel Uhr, ab welchem Alter, mit oder ohne Eltern? Aber »Rechte« helfen auch. Wenn es zum Beispiel darum geht, Ungerechtigkeit zu bekämpfen.

Time to talk: Haben euch die Kapitel in diesem Buch weiterhelfen können? Haben die Informationen daraus so manche Unsicherheit beiseite geräumt? Vielleicht sind euch einige Schilderungen und persönliche Fälle in diesem Buch bekannt vorgekommen. Das wäre gut. Dann wisst ihr, dass es Leute gibt, die die Welt ganz ähnlich sehen wie ihr. Sogar manche Behördenvertreter und Experten: Nicht jeder, der hinter einem Schreibtisch sitzt und sich über euch Gedanken macht, muss gleich ein Brett vor dem Kopf haben.

Als ich das Buch geschrieben habe, versuchte ich die wesentlichen Rechte zusammenzufassen, die es für euch gibt. Die Gespräche mit Daniel, Anna und Maxi haben dabei geholfen. Eines haben wir uns gleich gedacht: Dass man auch ein Buch über 500 Seiten schreiben könnte. Aber wir kamen schnell zu der Überzeugung, dass wir das Wesentliche sagen wollten. Und eines: Es liegt an euch, aktiv zu werden, wenn es unter den Nägeln brennt.

**Es liegt an euch, aktiv zu werden, wenn es unter den Nägeln brennt.**

Wenn ihr Anregungen habt oder weitere Ideen, dann schreibt mir. Und wenn euch das Buch geholfen und genutzt hat, dann lasst es mich wissen.

Ekkehart Baumgartner
c/o Kösel Verlag
Flüggenstraße 2
80639 München

# kinder- und jugendschutzgesetz

Auszüge aus dem **Gesetz zum Schutze der Jugend in der Öffentlichkeit**
(Stand: 25. Februar 1985)

**§ 1 Jugendgefährdende Orte**

§ 1
Halten sich Kinder oder Jugendliche an Orten auf, an denen ihnen eine unmittelbare Gefahr für ihr körperliches, geistiges oder seelisches Wohl droht, so haben die zuständigen Behörden oder Stellen die zur Abwendung der Gefahr erforderlichen Maßnahmen zu treffen. Wenn nötig, haben sie die Jugendlichen
1. zum Verlassen des Ortes anzuhalten,
2. einem Erziehungsberechtigten zuzuführen oder, wenn kein Erziehungsberechtigter erreichbar ist, in die Obhut des Jugendamtes zu bringen.

In schwierigen Fällen haben die zuständigen Behörden oder Stellen das Jugendamt über den jugendgefährdenden Ort zu unterrichten.

**§ 2 Altersstufen / Erziehungsberechtigte**

§ 2
(1) Kind im Sinne dieses Gesetzes ist, wer noch nicht vierzehn, Jugendlicher, wer vierzehn, aber noch nicht achtzehn Jahre alt ist.

(2) Erziehungsberechtigter im Sinne dieses Gesetzes ist
1. jede Person, der allein oder gemeinsam mit einer anderen Person nach den Vorschriften des Bürgerlichen Gesetzbuches die Personensorge zusteht,
2. jede sonstige Person über achtzehn Jahre, soweit sie aufgrund einer Vereinbarung mit dem Personensorgeberechtigten Aufgaben der Personensorge wahrnimmt und soweit sie das Kind oder den Jugendlichen im Rahmen der Ausbildung oder mit Zustimmung des Personensorgeberechtigten im Rahmen der Jugendhilfe betreut.

(3) Soweit es nach diesem Gesetz auf die Begleitung durch einen Erziehungsberechtigten ankommt, haben die in Absatz 2 Nr. 2 genannten Personen ihre Berechtigung auf Verlangen darzulegen. Veranstalter und Gewerbetreibende haben in Zweifelsfällen die Berechtigung zu überprüfen.

(4) Soweit nach diesem Gesetz Altersgrenzen zu beachten sind, haben Kinder und Jugendliche ihr Lebensalter auf Verlangen in geeigneter Weise nachzuweisen. Veranstalter und Gewerbetreibende haben in Zweifelsfällen das Lebensalter zu überprüfen.

(5) Dieses Gesetz gilt nicht für verheiratete Jugendliche.

**§ 3 Aufenthalt in Gaststätten**

§ 3
(1) Der Aufenthalt in Gaststätten darf Kindern und Jugendlichen unter sechzehn Jahren nur gestattet werden, wenn ein Erziehungsberechtigter sie begleitet. Dies gilt nicht, wenn Kinder oder Jugendliche
1. an einer Veranstaltung eines anerkannten Trägers der Jugendhilfe teilnehmen,
2. sich auf Reisen befinden oder
3. eine Mahlzeit oder ein Getränk einnehmen.

(2) Jugendlichen ab sechzehn Jahren ist der Aufenthalt in Gaststätten ohne Begleitung eines Erziehungsberechtigten bis 24 Uhr gestattet.

(3) Der Aufenthalt in Gaststätten, die als Nachtbar oder Nachtclub geführt werden, und in vergleichbaren Vergnügungsbetrieben darf Kindern und Jugendlichen nicht gestattet werden.

**§ 4 Alkoholabgabe**

§ 4
(1) In Gaststätten, Verkaufsstellen oder sonst in der Öffentlichkeit dürfen
1. Branntwein, branntweinhaltige Getränke oder Lebensmittel, die Branntwein in nicht nur geringfügiger Menge enthalten, an Kinder und Jugendliche,
2. andere alkoholische Getränke an Kinder und Jugendliche unter sechzehn Jahren weder abgegeben noch darf ihnen der Verzehr gestattet werden.

(2) Absatz 1 Nr. 2 gilt nicht, wenn Jugendliche von einem Personensorgeberechtigten (§ 2 Abs. 2 Nr. 1) begleitet werden.

(3) In der Öffentlichkeit dürfen alkoholische Getränke nicht in Automaten angeboten werden. Dies gilt nicht, wenn ein Automat in einem gewerblich genutzten Raum aufgestellt und durch Vorrichtungen oder durch ständige Aufsicht sichergestellt ist, dass Kinder und Jugendliche unter sechzehn Jahren alkoholische Getränke nicht aus dem Automaten entnehmen können. § 20 Nr. 1 des Gaststättengesetzes bleibt unberührt.

**§ 5 Tanzveranstaltungen**

§ 5
(1) Die Anwesenheit bei öffentlichen Tanzveranstaltungen ohne Begleitung eines Erziehungsberechtigten darf Kindern und Jugendlichen unter sechzehn Jahren nicht und Jugendlichen ab sechzehn Jahren längstens bis 24 Uhr gestattet werden.

(2) Abweichend von Absatz 1 darf die Anwesenheit Kindern bis 22 Uhr und Jugendlichen unter sechzehn Jahren bis 24 Uhr gestattet werden, wenn die Tanzveranstaltung von einem anerkannten Träger der Jugendhilfe durchgeführt wird oder der künstlerischen Betätigung oder der Brauchtumspflege dient.

(3) Ausnahmen von Absatz1 können auf Vorschlag des Jugendamtes zugelassen werden.

**§ 8 Spielhallen, Spiele, Spielgeräte**

§ 8
(1) Die Anwesenheit in öffentlichen Spielhallen oder ähnlichen vorwiegend dem Spielbetrieb dienenden Räumen darf Kindern und Jugendlichen nicht gestattet werden.

(2) Die Teilnahme an Spielen mit Gewinnmöglichkeit in der Öffentlichkeit darf Kindern und Jugendlichen nur auf Volksfesten, Schützenfesten, Jahrmärkten, Spezialmärkten und ähnlichen Veranstaltungen gestattet werden, wenn der Gewinn in Waren von geringem Wert besteht.

(3) Elektronische Bildschirm-Unterhaltungsspielgeräte ohne Gewinnmöglichkeit dürfen zur entgeltlichen Benutzung
1. auf Kindern und Jugendlichen zugänglichen öffentlichen Verkehrsflächen,
2. außerhalb von gewerblich oder in sonstiger Weise beruflich oder geschäftsmäßig genutzten Räumen oder
3. in deren unbeaufsichtigten Zugängen, Vorräumen oder Fluren
nicht aufgestellt werden.

(4) Das Spielen an elektronischen Bildschirm-Unterhaltungsspielgeräten ohne Gewinnmöglichkeit, die zur entgeltlichen Benutzung öffentlich aufgestellt sind, darf Kindern und Jugendlichen unter sechzehn Jahren ohne Begleitung eines Erziehungsberechtigten nicht gestattet werden.
(5) Unterhaltungsspielgeräte, mit denen sexuelle Handlungen oder Gewalttätigkeiten gegen Menschen oder Tiere dargestellt werden oder die eine Verherrlichung oder Verharmlosung des Krieges zum Gegenstand haben, dürfen in der Öffentlichkeit an Kindern und Jugendlichen zugänglichen Orten nicht aufgestellt werden.

**§ 9 Rauchen**

§ 9
Das Rauchen in der Öffentlichkeit darf Kindern und Jugendlichen unter sechzehn Jahren nicht gestattet werden.

**§ 10 Anordnungen - Jugendverbot im Einzelfall**

§ 10
Geht von einer öffentlichen Veranstaltung oder einem Gewerbebetrieb eine Gefährdung im Sinne des § 1 Satz 1 aus, die durch Anwendung der §§ 3 bis 8 nicht ausgeschlossen oder wesentlich gemindert werden kann, so kann die zuständige Behörde anordnen, dass der Veranstalter oder Gewerbetreibende Kindern und Jugendlichen die Anwesenheit nicht gestatten darf. Die Anordnung kann Alters- oder Zeitbegrenzungen enthalten, wenn dadurch die Gefährdung ausgeschlossen oder wesentlich gemindert wird.

*(Bundesministerium für Familie, Senioren, Frauen und Jugend (Hrsg.): Jugendschutzgesetze. Bonn, 5. Aufl. 1996)*

# register

Lust bekommen auf weitere Themen?

**make a change**

hat mehr zu bieten:

**christian gröll / david sehrbrock**

## clever durch die schule

Managementstrategien für bessere Noten

Von der Niete zum Erfolgsschüler. Wer möchte in der Schule nicht gut dastehen, um später optimal in Job oder Studium zu starten? Erfolg ist nicht automatisch mit Strebertum gleichzusetzen, denn auf diesem Image will sicher niemand hängen bleiben. Hier geht's auch nicht um stures Lerntraining, sondern darum, wie man durch richtige Organisation und optimale Präsentation seines Wissens ein Maximum an Punkten herausholen kann.

Für alle, die diesen vergleichsweise einfachen Weg gehen wollen, gibt es hier praktische Anregungen, Tipps und Informationen. Einfache Strategien, mit denen jeder zum »Erfolgsschüler« werden kann.

128 Seiten
ISBN 3-466-30508-X

## sascha krefft, verpiss dich!

### Selbstschutz und Selbstverteidigung für Mädchen und junge Frauen

Bei Dunkelheit in einer unbelebten Gegend unterwegs und plötzlich hörst du hinter dir Schritte ... Bestimmt hast du eine solche Situation schon einmal erlebt und weißt, wie unwohl man sich plötzlich in seiner Haut fühlt. Was passiert, wenn du angegriffen wirst? Kannst du dich dann wehren? Sollst du dich überhaupt wehren?

Wer sich selbst nicht in der Opferrolle sieht und aktiv etwas für seinen Selbstschutz tun möchte, bekommt hier Anregungen und handfeste Tipps, wie man einem Angreifer begegnet und auch, wie man schon im Vorfeld gefährliche Situationen vermeiden kann.

Dieses Know-how und ein starkes, selbstbewusstes Auftreten können jeden in die Flucht schlagen!

128 Seiten
ISBN 3-466-30510-1

**make a change** ist die Reihe für dich!